寫給歲月的情書

陳浩琛——著

代序：人生百味，盡在書中

崔鐸聲

在我所認識的朋友中，陳老師是一位極其特別的存在。他的經歷豐富而多彩，他的人生感悟深刻而真摯。當我得知他請我為他即將出版的新書撰寫代序時，我深感榮幸，同時也感到責任重大。

陳老師的人生，就像一本精彩紛呈的書。他出生在香港，後來移民澳洲，這樣的經歷讓他對兩地都有著深厚的感情。他熱愛中國的山河大地，更對中國的文字情有獨鍾。即使在海外生活了大半生，他對中國的情感和對文字的熱愛從未減退。這種情感，也深深地體現在他的作品中。

他的書，並非單純的遊記或散文，而是他人生經歷的寫照，是他對人生的感悟和思考。他筆下的每一個人物，每一個故事，都充滿了生活的氣息，都蘊含著他對人生的理解。他寫下的文字，既幽默風趣，又充滿了深情。他的文字，就像一股清泉，流淌在讀者的心間，讓人感受到生活的美好和溫暖。

陳老師的作品，充滿了人生的起承轉合。他的人生，既有成功的喜悅，也有失敗的痛苦；既有追逐夢想的激情，也有放棄的無奈。但無論經歷何種風雨，他始終保持著對生活的熱愛和對人生的思考。這種精神，讓人深感敬佩。

在我看來，陳老師的書，不僅是他個人的人生記錄，也是一部反映社會變遷、人性探索的百科全書。他的文字，既是對過去的回憶，也是對未來的期待。他的書，就像一面鏡子，讓我們看到了自己，也看到了社會。

最後，我想說，陳老師的這本書，是一本值得一讀的好書。它不僅能帶給我們閱讀的樂趣，更能帶給我們人生的啟示和思考。我相信，每一個讀過這本書的人，都會從中得到一些收穫，都會對生活有更深的理解和感悟。

願陳老師的這本書，能像一盞明燈，照亮我們前行的道路，引導我們走向更加美好的未來。

代序：與君共度歲月，最是人間值得[1]

陸遜英

與陳博士的初見也是我人生的第一場工作面試，他是老闆我投簡歷。公司前臺的小秘書打電話通知我面試的時候，我正在聯邦廣場附近閒逛，當時在墨爾本讀大一，少年人都是懶散奢靡的，可以為不值得愛的人癡狂，卻對真正關係未來生計的事情不留心、不在意。錯過了接電話，等到看手機的時候也差點不想打過去了。後來覺得不太好，還是打了，小秘書接了線又讓我足足等了五分鐘，才告知是面試邀請。在那我自以為漫長的五分鐘裏，電話那頭是一片不可洞察的靜默，有無數個瞬間我都升起掛電話的衝動，但幸好沒有，至今仍覺得並非歸功於自己

1 能夠為陳博士的新書作序，令我感到十分雀躍。不知不覺我與陳博士相識已二十載有餘，工作上他是我的恩師，承他諄諄教誨指引；平日裏我們又因共同的文學愛好成為莫逆之交，在創作的旅程中相互鼓勵扶持。陳博士的為文與為人，皆是一個獨特而耀眼的存在。在此，我不打算過度透露或評價他新書的內容，希望留白給讀者去發現、品味。更多的我想寫寫他這個人，以及我與他的一些事。

的耐性，而是緣分註定我會認識陳博士。

面試那天我就如大多數職場小白一樣，絞盡腦汁、生硬而尷尬的應對陳博士和另外兩位考官的問題，細節不值贅述。唯有一件，陳博士忽然問起我的中學母校，是否深圳外國語學校？他是讀了我簡歷的，並笑著說他曾因工作關係幾次去拜訪這所學校。深外是我心中珍藏的青青回憶，但這個名字並不為澳洲人知曉，忽然在異國一個毫不相干的場合，有一人聊家常般向我提及深外，興奮的知己感莫名洶湧而來。我覺得自己眼睛裏都要亮星星了！緣分就是這樣奇妙，它甚至不是在當下，而是過往的某年某天就已埋下伏線。

二〇〇三年陳博士獲頒澳洲太平紳士的時候，我剛開始為他工作不久。第一反應馬上聯想起多年前香港電視臺六合彩宣佈得獎號碼的場面，總有一位太平紳士正襟危坐在旁。當時覺得擔當這個頭銜的人應該頂著一頭白髮，最大特點就是有錢到自己都搞不清自己到底多有錢，所以看什麼都可以雲淡風輕。

後來得知澳洲的太平紳士另有一番評比標準，陳博士就完全是憑他對社會和教育事業的貢獻獲此殊榮的，與金錢無關。要說跟監督六合彩的太平紳士有什麼相似之處，大概是他一頭寫意淡泊的銀髮。

為教育事業作貢獻，到了陳博士這裏，就不是一句空洞的口號而已。與他共事多年，發現他有兩個「缺點」——典型的「工作狂」、「完美主義者」。但凡他認同的理念，必要付諸實施，而且不厭其煩一遍遍的修整、完善，直至滿意為止。幾年後我回國了，仍是他的下屬。中國與墨爾本有兩小時的時差，常常我都快入睡了，還能從手機上收到他自澳洲發來的電郵。又或我這邊清早剛起床，已看到他的微信消息。在他手下工作最有壓力，最具挑戰性，卻也最能進步和體現自我的價值。

改變和提升，是陳博士每年給員工提出的要求，也是他自己一貫履行的原則。他的管理風格十分西化、民主，對待上下級一視同仁，以理服人，不偏頗，不獨斷。儘管在工作上他的標準高到近乎苛刻，卻沒有一個員工會對他怨怠不滿。私下裏，他仍是可親可愛的師長，言談幽默睿智，舉手投足帶著儒雅的英倫風度。時常在工作時，他高遠的眼界、深刻的思辨和明晰到無懈可擊的邏輯令人擊節讚歎，感到高山仰止的敬畏，但轉眼輕鬆對談，他又只像鄰家哥哥般，出其不意就能把你逗樂。

陳博士生長的故土香港和常年居住的城市墨爾本，都並非中國文學滋養豐沛的地方，而他卻對中文用情至深（其實英文書寫也是他的強項）。小學六年級時他閒逛舊書攤，買了一本宋詞選集，讀到的第一篇就是溫庭筠的《菩薩蠻》，霎時驚為天人！別人總批評溫的花間詞太過靡麗、太沒出息，他卻不以為然。陳博士謙謙君子，不過若你讀了他的《愛情幻想曲》系列，就知道在他心底，那個傾慕唯美旖旎文風的少年從未曾離開。

為人重孝道、重情義的陳博士，對家人、朋友、學生、下屬都極其慷慨，待自己反而儉省。他可以在茶山街邊簡陋的大排檔吃一碗雲吞麵，花五塊錢理髮，但接濟友人、創建教育獎學金的時候，卻豪爽一擲千金。甚至有時明知道對方拿些藉口敷衍，他依舊不吝伸出援手，是一位身體力行的儒者。然而，在這個以功利為底色的時代，不熟識他的人往往容易產生誤解——要不就認為他這樣做必然另有圖謀，或者直接判定他的性格軟弱、好欺負。卻不知他不過是擁有一顆「赤子之心」，對生活全然投入罷了。許多時候，他亦不爭一時長短，只依照自己的信念繼續做應做的事。或許就是這樣，造就了他異常精彩的人生和不可多得的閱歷。從這本書中，讀者也能體味陳博士獨一無二的故事之數幀。而有幸與他在歲月中同行的我們，更感受到了生命的溫情和意義。

序言

人生緣起緣落，締結了我諸多不同的夢想，有些已然實現，有些幻滅、放棄了，還有一些仍在追逐中。

曾想將我所學的專業知識寫一本入門書，無奈自己只是個二流都排不上的學者，況且脫離了研究範圍這麼多年，已喪失學術著作的資格了。去年把奉為圭臬的書籍和自己寫的博士論文重看一遍，感覺艱澀難懂，令我沮喪了好一會，卻也為當初的奮勇精進感到自豪。

遲鈍的腦筋和衰退的記憶力將半生所學忘記了大半，以前的學習是否徒勞無功呢？絕對不是。在此過程中建立的人生態度、價值信念、處事方法和分析能力引導我走出自己的路，鑄造了有意義的人生。

專著撰寫未果，倒在別處耕耘出一畦花木蔥蘢。二〇一九年我設立了微信公眾號——「琛思淺語」，並開始發表隨感散文。我在公眾號的個人頁寫下這樣一段話：一個喜歡思考的平凡人，留下點滴對人生經歷的分析和感受，是沉澱後的心聲、流光片羽的紀念。

我出生在香港，及後又移民澳洲，但從小對中華文化懷有一份莫名濃厚的親近，正所謂

「情不知所起，一往而深」。對於中文的熱愛，更不曾因大半生寓寄海外而稍減。

在人生的旅途中，我幸運地遇上很多可愛的朋友，他們來自五湖四海。而我一直篤信，即使是最寂寂無名的小人物，一生中亦必有驚心動魄的瞬間、值得感慨和深思的事蹟。「馬來風光」、「越南故事」、「菲律賓的歌聲和笑臉」寫的就是這樣一些人和事，不僅僅是遊記，其中夾雜歡聲笑語，亦難免悲傷淚痕，不過我相信人間總還是充滿溫暖和希望的。

「舐犢情深」裏有我對父母及岳父母的懷念、眷戀，寫的時候稿子沾滿了淚水，每一段往事都觸動了心中最柔軟的部分。

愛情讓人猜不透、摸不清，令人迷戀、令人惶惑。完美的愛情何處找尋？我的答案藏在「愛情幻想曲」裏。

我喜歡美食，是個吃貨。「不散的筵席」，寫的都是和吃有關的人和事。

「澳洲風情畫」記錄了我在澳洲的一些生活片段。「游子」篇寫的是我留學時的有趣經歷，包括「留學雜憶」和「我們同居的日子」這兩個系列的文章。

「懷念」輯錄了六篇文章。前三篇是我難以忘怀的青澀回憶，後三篇是曾令我動容感慨的故事，從他們身上，我看到了能讓時間頃刻停頓、年華歷久常新的力量。縱使走到世界盡頭，仍然不離不棄，相依相隨。

「浮生絮語」收錄了一組較隨性的散文，筆墨伴著思緒飛揚，零散一如生活的瑣碎，但也不乏可以回味省思的地方。

歲月長河中的你我，總不經意地留下或深或淺的足印，也帶走了或濃或淡的記憶。這本小書集結的，正是那些以情為軸而交織出彼此人生的片段，故名之為《寫給歲月的情書》，希望它能帶給讀者片刻寧馨、些許啟發。

好友崔鐸聲兄能書善画，活得逍遙浪漫，請他為我文章作序並為書名題字。陸遜英女士是我的學生，也是我的文友，她一直支持我的寫作，替我審稿，又執筆代序。在此衷心感謝。

記此以為序。

陳浩琛

二〇二五年三月五日於寧靜居

CONTENTS

不散的筵席

懷念

馬來風光

越南故事

菲律賓的歌聲與笑臉

澳洲風情畫

遊子

浮生絮語

舐犢情深

回憶父親

我一直攥著他的手，感覺他體溫的變化，觀察他的氣息，數著他每分鐘的呼吸次數。父親很安詳地睡在醫院病床上，四周靜謐，只有我和太太、姐姐陪伴著他，回憶他平生的故事。

爸爸的手很粗糙，小手指的最後一節是虯曲的。因為生活困難，他選擇了報酬較高的海員工作，從海員雜役做起，一直晉升到機房的主管。這雙手的形態就是工作的辛勞與意外事故造成的。

爸爸祖籍番禺大石，在日軍侵華時與他母親、弟弟和妹妹逃難落腳在香港。通過朋友介紹，認識了同是逃難到香港的媽媽。淪落天涯的兩人是同鄉，他刻苦堅毅，躊躇滿志，她相貌賢淑，是個美人胚子。兩情相悅，共偕連理，攜手在這片新土地上建造自己的家園。婚後歡愉的日子很短，爸爸開始了出海謀生的征程。我們三姐弟出生的時候，他都不在媽媽身旁。媽媽一直以此為憾，我想爸爸亦有同感吧。

戰後的香港相當窮困，原住民很少，還是一個小漁港的模樣。大部分居民都是從內地遷徙而來，以廣東、福建和上海籍貫者居多。除了少數移民攜帶資金，絕大多數人都是一窮二白，他們的奮鬥目標簡單淳樸，只為能找到一份工作維持生計。當年香港的居住環境也很惡劣，許多窮人在山邊搭建木屋，這些房子幾乎都沒通水電。後來因一場大火燒毀了整片木屋區，造成重大傷亡，香港政府痛定思痛，建造了「徙置區」及後來的「廉租屋」（又稱為「公共屋村」），制定了全世界獨一無二的房屋政策。

居住問題暫時得到舒緩後，香港人本著中華民族勤奮刻苦的精神，一步步將這個城市打造成國際矚目的繁榮大都市。由於土地匱乏而人口不斷增加，到二十世紀七〇年代末，房屋居住問題再次面臨嚴峻的挑戰。亦因為這樣，造就了一些地產商的發家，成為超級富豪。居住問題一直延續到二十一世紀的今天，仍未得到完善的解決，也成為一個嚴重的社會問題。

小時候我們家住灣仔莊士敦道138號，隔壁是當時著名的「龍門茶樓」，馬路對面是修頓球場和「貝夫人診療所」。家門口是電車路，電車叮叮聲就像我們生活的配樂。138號是一棟舊唐樓，樓裏每層用木板分割成數間面積八至十平方米的小房間，每一間房都要容納一大家子人。就連房門口狹窄的走道上也一字排開上下鋪的「碌架床」，單身的住戶就以床為家，在床沿簡單拉個布簾遮蓋。走廊盡頭有一個廁所連同廚房，供整個樓層幾十口人合用。繁忙時，我們上廁所和煮飯都得排隊。五叔很幸運，房東允許他在走廊另一端的小陽臺搭建一個閣樓，這是他溫馨的家，房裏堆滿了瓊瑤的小說，空氣中總飄蕩著歌星姚蘇蓉、青山、鳳飛飛委婉旖旎的歌聲。這個充滿臺灣文藝氣息的小天地，也是我兒時暫避現實的「書房」。

我家的房間只能容納一張床和一個衣櫃，吃飯的時候臨時打開折疊桌，全家坐在床沿吃飯。爸爸航船結束回家時，姐姐就只有跟祖母一起睡在走廊的床上。雖然每次爸爸回家，生活空間變得更擁擠了，但我們都很雀躍，因為他會帶來糖果、洋娃娃和一些新奇的小玩意。童年的遊戲大多也只能在床上進行，爸爸最愛跟我們玩的是在他肚皮上舉高高，我們三姐弟輪流，爭著讓他用強健的雙臂把我們小小的身體托上半空，在眩暈的快樂中興奮得哇哇大叫。

爸爸每次回家只有短短幾周時間，但他很喜歡帶我們去郊遊，比如明星經常出沒的「容龍別墅」「舊咖啡灣」「兵頭花園」（即香港動植物公園）。可能因為當海員的關係，爸爸愛穿白色上衣和白短褲，我們幾個孩子跟著他走在街上，感覺特別神氣。爸爸從不吝嗇對我們的愛，他願意花費當時的鉅資，帶我們到西餐廳，每人點一份鮮榨橙汁和牛扒，然後耐心教我們如何使用刀叉的禮儀。那天食物的味道和吃西餐的情景，至今在我心目中鮮活無比。

短暫相聚，爸爸很快又要出海了。其實那時候對爸爸的感情並不深刻，覺得他就像一年一度降臨派發禮物的聖誕老人一樣。長大幾歲後逐漸懂了離愁。為他送行的時候，姐姐會穿上最漂亮的裙子。當年啟德機場的樓頂有一個瞭望臺，送行的人可以在那裏看到乘客前往停機坪登機。每次我們三姐弟都登上瞭望臺，與爸爸揮手道別，望著他提著大包小包的灰藍色帆布袋漸行漸遠，身影越來越小，直至消失在落日餘暉中。

一九六七年香港暴動，政府為了舒緩社會緊張的氣氛，通過康體署舉辦了一系列的文娛活動，包括一九六九年的首屆香港節。媽媽帶我們姐弟去玩，那時候人頭攢動非常擁擠，別人家的孩子身邊都有父親強有力的保護，而我們卻只能拉著媽媽，這時候就特別想念爸爸，希望他回來守護著全家人。

我家住的唐樓年久失修，越來越破落，住客也更多了。政府考慮將其列為危樓，同時也批准了我家廉租屋的申請。雖然要搬去當時偏僻的郊區荃灣，但我們全家都非常開心。住房面積大了，爸爸不知從哪裏找來一個石磨，他愛喝糖水，有空的時候，他和祖母還有我就輪流用石磨做芝麻糊、杏仁糊。不知道後來爸爸患糖尿病是不是因為甜點吃多了？

搬到荃灣後，媽媽會接一些零工到家裏做，譬如：縫紉、剪線頭、衣物包裝，暑假我們去工廠做童工，賺錢貼補家用，我家的經濟狀況也開始好轉了。有時我們會拎著保溫壺，到樓下街邊的麵攤子買三毛錢一碗的「細蓉」（雲吞麵）或者一毛錢一碗的「淨麵」。當年一個「鬥零」（五分錢）就可以買條冰棍了。食物帶來幸福的感覺，而這幸福感正是靠著爸爸漂洋過海，離家別井為我們換來的。我和弟弟兩人完成博士學業，姐姐學士後深造研究生文憑，發憤讀書的原因，除了三人都熱愛學習之外，想讓爸爸為我們感到驕傲和光榮也是一種潛在的動力吧。

真正認識和瞭解爸爸，是在他退休之後，那時我快要大學本科畢業了。爸爸對祖母相當孝順，亦看重手足之情。祖母與外祖母過世後，他每逢清明、重陽都會去拜祭，風雨無阻。五叔和七叔年輕時工作收入不多，時常靠我爸爸接濟，兩位叔叔十分敬重這位大哥。

爸爸是個傳統的中國人，始終相信落葉歸根，他跟媽媽、五叔和七叔湊錢在番禺老家——化龍鎮沙路鄉蓋了一棟三層小樓，三兄弟各住一層，自稱三劍俠，得空便返鄉小住，順便花幾元錢坐公車走南闖北。三人常常在我們面前吹噓，號稱要環遊中國，但足跡從未跨出廣東省。

我那時已移民澳洲，但只要一有機會回國，就會參與他們的活動。一次我和爸爸兩人單獨在老家的一間小飯館吃飯，我們選了一張靠路邊的桌子坐下，那晚秋意涼爽。他點了一條鯇魚（海魚太貴，鯇魚便宜），第一次向我吐露了許多心聲，關於他為人處世的原則，他的海員生活、兄弟之情、朋友之誼……最記得他說：「雖然窮，但我從來沒求過人，是靠赤手空拳打拼，支持這個家和你們三姐弟的。錢對我來說是身外之物，最重要活得脊樑挺直。」他臉上的自豪深深觸動了我，在此之前我因為男孩子的驕傲，極少向爸爸流露感情。但那晚我主動告訴他，我對他有多欽佩和尊重！此後鯇魚成了我最愛點的菜，並不為牠有多鮮美，而是每次吃，就懷念起與爸爸星空下促膝長談的親密時光。

我們三姐弟相繼移民澳洲，父母年紀也越來越大了，隨後都赴澳洲定居。移民初期我就像爸爸當年剛到香港時一樣，刻苦拼搏，只為在異鄉建立一個溫馨家園。隱約覺得，我正走著與父親相同的人生道路。而一直扶持著我前行的，依然是爸爸。七十多歲的他在我家後院養雞、種菜、築圍欄，將荒草叢生的園子變為一方可以小憩、茶敘和喝咖啡的樂土。

爸爸很疼惜媽媽，有時甚至過分袒護，不管她的對錯都站在她那邊，可能是為補償多年出海冷落媽媽的遺憾吧！媽媽喜歡當年風行的高價名牌鐵達時（Titus）手錶，我還記得那個獲獎的廣告和家喻戶曉的名句：「不在乎天長地久，只在乎曾經擁有。」不知道是否廣告效應，爸爸一口氣買了這個牌子的兩塊不同款式的手錶給媽媽。媽媽是個孤兒，被外祖父外祖母領養，從小缺失關愛，但爸爸對她的愛也可將這種缺失填補一二了。

雖然爸爸在澳洲的晚年生活非常舒適悠閒，但我知道他心裏一直惦念家鄉，閒談之中我們的話題更多是關於故鄉的一切。剛好因為工作的需要，我經常出差回中國，每年我都會抽時間帶父母回番禺探望親友，順帶到周邊旅遊。只要回到國內，爸爸的精神就特別好，不過體力還是一年不如一年了，有時攙扶他一下，他又不太願意。畢竟中國人在情感表達和身體接觸方面還是比較保守和含蓄。有一次我們和朋友到東莞旗峰公園，很多遊客在廟宇內參拜，爸爸正想上香許願，突然有爆竹在身旁炸起來，我本能地立刻從身後抱住他，怕他受到驚嚇，也為他擋著煙火。成年後我第一次主動與父親有這樣親密的身體接觸，竟是在他八十多歲的時候。不知是不是煙火太濃烈了，爸爸和我的眼睛都濕潤起來，在這幾十年的人生旅途上，他也是義無反顧、無懼困難險阻地為我和姐姐、弟弟遮風擋雨，保護著我們成長！是本能或責任都不重要，父親對我們的愛是跨越言語解釋的。這樣的返鄉之旅持續了好多年，直到爸爸行動不便無法再作長途遠行。最後一次帶爸爸回國時，他已需要用輪椅代步了。

爸爸很疼愛我姐姐，和我太太也十分投緣。我太太對爸爸很信任，即使對我的不滿也會向他傾訴，爸爸總是耐心聆聽和支持。爸爸喜歡釣魚，我們特意在海邊買了一間渡假屋，讓他多多享受面朝大海的時光。可惜他因身體問題，沒住過幾次就無法再出門了。

爸爸生性樂觀幽默，晚年他患肺癌，需要接受放療。但他永遠以微笑面對，咽下治療的所有痛苦，從不讓我們擔心。每次去做治療的時候，他總笑著說：「我很喜歡去這家醫院，因為有免費咖啡和餅乾吃。」他的話讓小輩們的心情放鬆了，帶他去醫院從來不是一種負擔。

爸爸的病情加重，終於住進護理院了，姐姐、我和太太每天輪流去探望他，陪他聊聊天，推著他坐著輪椅到花園裏曬太陽。爸爸已不太願意講話，但我們知道他很享受這樣的陪伴。太太帶給他湯圓和甜品，他總不忘留一點給我吃。他堅持不允許我們將全家福的照片貼在房裏，我們猜想他大概知道自己時日無多，時刻面對親人的照片只會加重離別的痛苦。

在老人院住不到兩個月，爸爸因為吞咽問題致器官衰竭，被送進急診室。我趕到醫院的時候，他已呼吸困難。醫生問我們接下來打算採用哪種治療手段，我不假思索地說，要用最能讓爸爸身體舒服的方法。止痛劑通過輸液管不斷注入他的血液，朦朧之際，他伸出手，緊緊握著我的手再不肯放開。夜已深，弟弟正從香港趕赴澳洲途中，希望見到父親最後一面。探望的親友陸續離開，我們也讓媽媽和小孩回家去了，只剩下我、姐姐和我太太。我一直握著爸爸的手，默默數著他的呼吸，從每分鐘八次，到六次，四次……到完全沒有。心如刀絞的我，又有種奇異的寬慰，爸爸已抵達了安息的歸宿。我仍能冷靜地處理完所有的事情，在步出醫院大門的那刻，卻淚如雨下。

後記：

孤星慘照，冷月無聲，唯有蟲鳴伴我。母親亦於今年去世了。多想再帶他倆回故鄉旅行，但再也不能矣。四年過去了，父親追悼會的錄影我始終不敢看，每每鼓起勇氣播放一小段之後，就泣不成聲。終於提筆寫這篇文章，作為我對父親和母親深深的懷念。

放心，我們都長大了

人到了一定的年紀，就不期然想起許多往事。伴隨著一幕幕的回憶，總是無奈、唏噓和感歎。在寫《回憶父親》這篇文章時，每一段記憶都讓我熱淚盈眶，文章完成後心力交瘁。當時對自己說，再也不寫已故親人的文章了。姐姐勸我只寫歡笑開心的時光就好，不要自尋煩惱。那就讓我試試吧。

翻開相簿，舊照片中我和母親赤著腳站在淺灘上，迎著海水帶來的清涼，笑得燦爛。出國留學前夕的機場送別，母親挽著我的手，臉上滿是甜蜜的笑容、不舍的依戀。但斯人已逝，原來緬懷開心的片段亦是痛苦。不過當記憶寶庫的大門打開之後，往事就如流水般湧現，要關上它並不容易。將其化成文字記載下來，儘管錐心卻也是一種釋放。

童年我家住的地方狹小逼仄，環境惡劣。一有空，母親就帶著我們三姐弟和鄰家的小孩到屋後的小山去晨運。半路上經過一窪小池塘，在那裏稍事歇息。看到蝌蚪，母親會告訴我們青蛙的成長過程，蝴蝶如何化蛹成蝶，金狗脊可以止血。見到含羞草，我們就觸碰它的葉子看它閉合，等著它再打開，然後讓它再合上。這段往事是我印象中與母親最早的回憶。

母親說我從出生到長大給她帶來了不少苦難，三姐弟中對我的關注也特別多。我還在襁褓時，急病發作，連氣都喘不過來，讓醫生給我打了一劑特效藥才救回了小命。醫生出診費六十元，當月的家用就沒有了，還得向親戚舉債。我家的對面是診療所，小時候體弱多病，母親隔三岔五就要帶我去輪候門診。她總是說，如果長大後不孝順，就白費她一番心血了。我從小就有偏頭痛，母親說是她的遺傳。而母親的健康亦不見得很好，病痛竟成為我們母子倆最深刻的共同回憶。

同病相憐

偏頭痛一發作，母親只可以躺在床上，什麼也做不了。稍微動一下，除了劇痛難當外，還會嘔吐。她吃一種叫「撒拿吐謹」的藥，痛得厲害時，再吃一片止痛藥片。什麼土藥偏方都試過了，朋友說牛糞敷頭有效，也去試，還是沒用。那個年代，人們對醫學知識的貧乏可見一斑。母親的痛楚我是完全能體會的，自小到大，我每週都經歷數次偏頭痛的折磨。頭痛時我和媽媽都會搽上萬金油。如今我身邊依舊時時攜帶這種舊式的紅色小鐵盒，圓圓的一枚握在掌心，像一顆糖，那種清涼的感覺和氣味，讓我想起母親。

我小學三年級時患急性闌尾炎，母親焦急得哭了起來，背著我滿街跑，攔計程車去醫院。等到我讀初中，這回輪到母親得了同樣的急症，父親出海工作不在身邊，我把媽媽送進手術室後，一個人孤零零地坐在醫院大堂裏掉眼淚。上天又一次安排我經歷了母親的心路歷程。我和母親的小腹上都留下一條相似的術後疤痕，這是母與子的印記。

母親晚年時看病、做檢查、住院，我會和姐姐輪流照看。後來因為癌症要化療，她總希望我陪伴在旁，說我在時，化療效果特別好。我明白這種心理上的倚賴和信任，這是多年建立起來的同病相憐的感應。

金蘭姊妹

香港最早期的公屋叫徙置區，是為了安置在一場大火中喪失家園的木屋區居民而建的。一棟長形的多層樓房，每一層住幾十戶人家，衛生間是公用的，設在走廊的中間或者盡頭。後期發展出多個大型的廉租屋村，每戶有獨立廚房及廁所，社區內還設立了休閒娛樂設施，生活環境得以大大改善。在我五、六歲的時候，我們幸運地分派到一套房。同一樓層裏住了很多年齡相若的小孩，他們都成了我兒時的玩伴。主婦們閒時互相串門，相約一起去買菜購物，這些屋村師奶守望相助，逐漸建立起一份深厚的友誼。二十世紀六〇年代香港多次發生水荒，家裏用水管制，政府會開人行道上的公共水喉或者派出水車供應食水，師奶團就張羅起大大小小的塑膠水桶，一起出發輪候，提不動時互相幫忙，那種場面既熱鬧又緊張。

隨著歲月流逝，當年師奶團的成員越來越少了。最後一次陪母親回香港，只見著了鄺師奶和樹春哥，物是人非，此情已成追憶。

住進廉租屋的家庭肯定不富有，一般主婦都會找些兼職或者小手作來幫補生計，小孩子也跟著打下手。剪線頭、穿膠花和各色各樣的零散家庭手工我們都參與過。有段時間，母親接了一批縫紉口罩的活，縫紉機的聲音從清晨到傍晚不停歇，我們三姊弟下課後就趕忙接手包裝口罩的工作。交貨賺得的收入，母親會打賞幾角錢給我們買零食。

這些零散的家庭小手作是熱門活計，僧多粥少，大家一聽到消息就會趕著去領。娟姨的消息最靈通，每次都不忘喊上母親。附近紗廠有空缺，她又把母親介紹過去。後來轉到速食麵工廠，暑假時我還借了別人已滿十八歲的身分證，和姐姐一起去打工。清晨，三母子攜著盛午飯的飯壺去工廠上班。下班了，老闆允許我們用低價把做壞了的麵買回家。有一陣子，姐姐吃速食麵都吃怕了，而我剛好相反，到現在對泡麵還是甘之如飴。

父親是海員，長年不在家，母親獨自一人拉扯大我們三姐弟。娟姨一直關照母親，雖然萍水相逢，卻情同姊妹。母親隨我移民到澳洲後，時常掛念娟姨。每次回港一定會去探望。娟姨總會叫上一家三代人和我們吃飯，對母親就如親人一樣。離港時還將大包小包的冬菇、海味、衣服等送給我們作禮物。母親愛唱粵曲，娟姨的兒子阿森對粵劇和書法素有研究，送給母親不少樂譜和粵曲錄音。阿森的女兒彤彤來澳洲留學，我們也待她如姪女。母親和娟姨的情誼，就讓下一代延續下去吧！

留聲歲月

「荷花香，新月上，荷花愛著素衣裳……」歌影紅星芳豔芬的這首名曲，母親常掛在嘴邊哼唱。年輕時她就愛聽粵曲、看粵劇。我家附近的球場是每年神功戲和賀歲粵劇免費公演的場地。晚飯後我陪母親早早入場等開鑼鼓。她最喜歡的戲碼是《再世紅梅記》，母親必要看到李慧娘借昭容屍體還魂，與裴禹重訂婚盟才願意回家。丈夫不在身旁，誰又甘心接受哪怕僅僅是戲臺上離散的結局呢？

她常希望有一天能穿起戲服上臺表演，想不到圓夢的日子竟然是在澳洲。墨爾本的岡州同鄉會粵劇社招收新會員，我趕緊替她聯繫，母親聲線嬌柔甜美，是唱子喉的好材料。她沒讀過幾年書，粵曲的字詞又艱深，我就成了她的小老師，在字旁注音並解釋曲中意思。母親是一個勤奮的人，每天學字練歌，一曲《落霞孤鶩》唱得抑揚頓挫。我在中國為她買了很多粵曲的卡拉OK碟片，有空就和她配對練習。終於有一天，她要登臺演出了，雖然只是一個內部的小型表演，卻也總算了卻她的一個心願。

故鄉

人對自己出生長大的地方容易念念不忘，尤其是漂泊海外的華僑，故鄉情濃，寄望有一天能落葉歸根。父親退休了，很想在故鄉有個家，可惜已找不回自家的舊居了。最後決定重建母親在鄉間的破落祖屋。前院的園圃栽下各樣的花和樹，挖一個小魚池，鄰居在塘裏撈到魚，會送幾尾給父親養在池中，平時可作觀賞，哪天興致來了就清蒸上桌。弄來兩部自行車，母親就是怕，學不好。父親索性買一輛載貨的三輪車，車斗上橫上一條木板讓母親坐，他當車夫，載著母親到小市集去趕墟。買回來一些糖果、小吃，送給村裏的孩子，他們一聲聲丈公、姑婆叫得親熱。對面屋住著表姐仁嫂一家，午睡後來一場麻將娛樂，一天很快就消磨過去了。

父親大半生在海上漂泊，年輕時與母親聚少離多，退休後終於可以朝暮相依了。這段鄉間的生活，相信是父母一生中過得最愜意悠閒的時光。

生老病死

母親每天堅持運動，身體還算康健，但人終究逃不過老和病，晚年時癌症悄然來訪。我懷著焦慮不安的心情奔赴香港尋求中醫抗癌療法，不過腫瘤還是不得不切除。手術順利，我們又擔心母親能否承受化療的副作用。終於都撐過去了，醫生說如果四年內不復發，治療才算徹底成功。

本來還有半年就可以大肆慶祝，可事與願違，母親癌症再度復發。這次因為她年紀太大，不能動手術，只可以嘗試進行化療。母親意志很堅定，決定再一次承受挑戰。化療進行到第二次就因為強烈的過敏反應而停止，大家都束手無策。母親身體上的痛楚與日俱增，最後只能住進臨終關懷醫院。兒女、女婿、媳婦、孫兒、朋友每天都去探望，弟弟一到週末就從香港飛來澳洲陪伴。母親離去時我和姐姐都在她身旁，她並不孤單。

最後的告別

照顧媽媽付出最多的是姐姐，媽媽最疼的是弟弟，而最依賴的是我。我相信在我和母親的生命中，心靈重疊的時光也是最多的。她的雙親過早離世，年輕時丈夫長年不在身邊，生活艱苦無依，這些令她一生都缺乏安全感。母親竭盡全力，希望得到所有人的認同和關愛，但內心同時又充滿猜疑和不信任，這種不安與矛盾始終纏繞她一生。

眾多的親友和教友出席了母親的追悼會，弟弟代表我們簡述了她的一生。本來我想靜靜地送別母親，但突然有一種衝動，要將她心中曾想說而不懂如何表達的話告訴大家，作為最後的道別。

「我很慶幸婉兒和明琛在我晚年時引導我信主，讓我的心靈有所託付，對未知的將來有所期盼。我深愛著每一個孫兒、孫女，知道他們都很疼惜我。我感恩女婿和兒媳對我的照顧與遷就。感謝親朋好友的陪伴和關愛，為我的人生增添姿彩。雖然一直沒說，但我深知三個兒女對我愛護有加，特別是婉兒無怨無尤的付出。我要告訴所有人，這三個孝順子女，是我一生中最大的安慰和驕傲！」

我捧著母親的照片，引領她的靈柩離開追悼會大堂時，哭得無法抑止。姪女昕諾問我姐姐，為什麼伯父哭得這樣厲害？也許她看完這篇文章後會得到答案。

未完的叮嚀

母親喜歡毛絨娃娃，童年時見到別人有，自己羡慕不已。我在日本為她買了一個綠色的青蛙公仔，從中國帶回一個紅色的小狗狗，學校的老師們送給她歷屆畢業典禮的娃娃，大大小小擺滿了一床，現在我都收養過來了。陪伴母親晚年的寵物小狗「雲呢拿」住到了姐姐家中。還有媽媽最喜歡用的花露水和雪花膏，這些古老的東西，就放著吧。老師們帶她去做按摩、美容、修甲，她說感覺自己和她們一樣年輕美麗了。在醫院時母親囑咐我，將她留下來的一些珠寶首飾，送給老師們作個紀念。

母親常誇大孫兒老實穩重，誰嫁了他都是福氣，孫女活潑跳脫、多才多藝像她爸爸，外孫女有兩個酒窩，笑起來甜甜的，和我姐姐小時候一模一樣，我兒子聰明有禮貌，將來必定青出於藍。老友階雲兒的兒子特別孝順，兒媳婦漂亮能幹，母親一直讚不絕口。我感到很奇怪，母親為何從來不誇耀她自己那些才華橫溢，英俊貌美，人見人愛的兒女、女婿和媳婦呢？

她最惦記的是舅父一家人。我的五位表姐和兩位表哥，還有新加坡的適可表姐和鄉下的仁嫂，是她娘家所有的親人了。母親叮囑我一定要保持聯繫。這個我懂，我每天都記掛著仁嫂表姐煮的碌鵝和白斬雞哩！

「婉兒，你既要上班，又要照顧我和你的婆婆，現在輕鬆了，到處走走，去旅遊吧。別用那些生髮水了，都是化學藥品，多吃首烏，頭髮自然會濃密烏黑起來的。

「阿明，幾時回澳洲定居呢？不過你錢賺得多，叫你退休又好浪費，的確很難抉擇。少換車吧，一年換一部，三姐弟中，就你最亂花錢，不懂得節儉。

「浩仔，你心地善良，耳仔軟，別人對你好一點，你就什麼都應承。做人有時還是要硬下心腸的。不要再買書了，又不是開圖書館，你看，書架都塞滿了。」

得了，媽媽你太嘮叨了，我們都已長大，不再是小孩子了，懂得照顧自己的。你放心吧，不必記掛！

半子情

我的平板電腦用了很多年，已經十分殘舊了。幾日前換了一個色彩鮮豔的新外殼，剛好可以沖淡一下那份滄桑的感覺。打開電源，等了好一會畫面才開始運作，應用程式的轉換也特別慢。華麗的外表終歸還是掩飾不了時間對它的侵蝕。

十一月的澳洲是春末。太陽才剛下山，空氣中已經開始瀰漫著涼意。我和妻子早早吃過晚飯，換上了因疫情期間不能出門而久違了的公務衣著。黑色的西服和裙子都顯得有點寬鬆和陳舊。我們在電腦前正襟危坐，專注地凝視著螢幕。畫面裏看到的色調也是慘澹悲戚的黑與白。小舅、小姨和姨甥們在鏡頭前匆匆的和我們揮手打了個招呼。工作人員正忙著在他們的孝服上披上麻布，女的頭上都簪上了白花。

點燃著的香火青煙繚繞，供桌上擺放了水果和祭品，親友們送來的悼念花牌整齊地放在牆的兩側。靈堂內除了笑容，需要有的東西都盡皆齊備。妻子說畫面有點模糊，我把紙巾遞給了她。模糊的不是鏡頭，是她的一雙淚眼。

阿爸（我的岳丈）因為心臟衰竭，剛剛離世。因為疫情期間限制出國和需要檢疫隔離，我們不能及時趕回香港奔喪。家人在靈堂上架起了視頻設備，讓妻子和我得以同時參與整個悼念過程。

幾個月前，阿爸的身體已開始走下坡。他是一個好動的人，疫情期間足不出戶，連每天的晨運散步也只能取消。畢竟對老人來說，感染病毒的風險實在太大了。妻子每天早晚和雙親視頻談話，反正大家都只能呆在家中，聊聊天也好過日子。日出日落的每一天，就只能在幾十平米的窄小空間中渡過。

因為血壓偏低，引發了身體上各種問題，阿爸已經兩度住進醫院了。病人當然希望能得到家人的陪伴和照顧，但防疫措施對探病有所限制。親人不能在旁，住院變成了一場惡夢。在最後一次出院後，阿爸說不願再離開他的家了。家人面對著理性與情感兩者之間的兩難抉擇：阿爸的身體當然是在醫院裏才能得到最佳的治療；但留在家中，他的心才會感到安全和慰借。疫情連盡孝都變得談何容易了。

日子就這樣在阿爸的堅持與兒女的煩惱中渡過。

在每天的視頻中，妻子努力地尋找各種不同的話題，說一些當年生活的點點滴滴，又或計畫一下疫情過後安排他們來澳洲小住的行程。就是為了博取雙親的一個微笑和一刻的開懷，我在書房裏工作也常聽到他們的歡聲笑語。不過慢慢地阿爸的話就越來越少了，而睡眠時間則越來越長。

這一天，他在電視機旁閉目養神。晚飯時間到了，餐桌上已擺好了豐盛的餸菜，阿媽喚著阿爸起來吃飯，但我們永遠也聽不到他的回應了——油盡燈枯的時刻來得是這樣突然，阿爸在無聲無息中離開了我們，到那再無痛苦煩惱的國度去安歇了。

阿爸年輕時就離鄉背井，赴港謀生，接濟留在國內的家人和親戚。從此就在這南國蕞爾小島落地生根，建起他的新家園。初到港時，篳路藍縷，幸好不久就在船運公司找到一份工作，就此半生漂泊海上。

阿爸老當益壯，平時走路健步如飛，牙齒不好，換了副假的，吃喝如常。一口上海式粵語，常常讓我摸不著頭腦，因誤解而鬧過不少笑話。在家裏喝湯，阿爸問加了鹹淡沒有，我說家裏沒有鹹蛋，要不我現在去買。妻子掩著嘴在笑，後來只好迫著她時刻在旁當翻譯。

老人最開心的事，莫過於兒女在旁，承歡膝下。與親友見面時，阿爸總愛誇誇其談，顯擺他過去的輝煌事蹟。同時也忘不了吹噓介紹我這個他引以為傲的孝順女婿。妻子常酸溜溜地說，親戚都以為我才是阿爸的兒子，她反而是嫁進來的媳婦了。

阿爸豁達開朗、性格善良，是個老頑童。退休後最喜歡的就是回國。我因為工作關係，常常要回國內。每次回去都和妻子帶上阿爸阿媽，工作之餘順便旅遊探親。遇上好吃的、好玩的，阿爸總一馬當先，快步走在眾人前面，又不願意拿拐杖。妻子照顧著阿媽，我怕他跌倒，就只能亦步亦趨地跟上去，像看顧小孩一樣。有一次家裏門鎖壞了，無論用什麼方法也弄不開。阿爸讓我們都站開，然後蓄勢待發，打算衝門而進。我和妻子趕緊把他拉住——門撞壞了不打緊，撞壞了這個老頑童可就麻煩了！對於他像孩子一樣的搗亂行為，惱過了也就雲淡風輕，不以為忤。可惜這種結伴同遊的歡樂時光，因為疫情而被無情地打斷了。

我眼睛雖然怔怔的望著電腦螢幕，思緒卻沉浸在回憶之中。畫面內阿媽為失去了終身伴侶而哭得悲傷。在我身旁的妻子紅著眼，緊閉著嘴唇，一言不發。與父親的訣別竟然只可在超越的時空中進行，她心裏的淒苦，試問誰又可以體會哩！

阿爸安詳地躺在靈柩中，和尚的誦經聲、親友的低泣聲一直陪伴著他。他的心是否還眷戀著相濡以沫、共渡一生的愛人和子女，而不願離開這個第二家鄉呢？抑或靈魂已回到他出生長大的故鄉，與久違了的遠方親友道別呢？

疫情前我一直往返在中國大陸、香港和澳洲三地之間，我常常在想，退休後會選擇在哪處渡過餘生。我喜歡老家平淡休閒的鄉居生活，又鍾情香港的熱鬧繁華，同時也捨不得澳洲陽光燦爛的大自然氣息。以前從沒憂慮過會失去對最終歸宿選擇的自由，現在中國回不得，香港去不了，就算在澳洲，要穿州過省，也有諸多的限制。今年終於等到退休了，要去哪裏卻依舊由不得我。我不禁要問，百年之後，我將魂歸何處？

想著，想著，靈堂內的親友已陸續離去，工作人員也開始收拾整理。小姨攙扶著悲傷過度的阿媽，提早離開了這個徒增傷感的地方。我們還來不及與親友說一聲再見，工作人員已經將視頻關掉，螢幕上留下了一片漆黑。世事多變，人生如夢亦如幻，妻子的淚痕仍在，但也該是落幕散場的時候了。

我輕聲的問，明天我們去商場買個新的電腦好嗎？妻子小心地把平板電腦蓋上，搖了搖頭，兩顆晶瑩的眼淚掉落在半舊的電腦外殼上。

阿爸祖籍寧波，享年九十有八，兒孫滿堂，福壽雙全。他在困苦戰亂的時候被迫離開了故鄉，又在疫情肆虐的今天靜靜地離開了我們。

最後一程

看透生死

我靜靜的躺在床上，沒啥事體了，該做的也做了，勿管結果是好是壞，反正都完成了。癌症也沒什麼可怕的，從出生開始，我們就踏上了死亡這條不歸路。我當然希望留在兒女身旁多幾天，不過自從煩氣啰嗦的老頭子一年多前去了以後，我對生死也看透了。勿曉得是否藥吃多了，這兩個禮拜人老是恍惚，有時分不清是在夢境裏還是現實。

大女兒一直定居海外，不過我們每天都打視頻電話，幾個禮拜前回來照顧我，她從小就能幹，性格要強，家裏的事她會安排處理，保姆阿月在我家也做了好幾年了，有她照應著，不用我操心。

二女兒像我，命好，沒上過幾天班，燒菜燒飯也不懂，一直在丈夫庇護下生活。二女婿近年患病，輪到女兒照顧他了。世界就是這樣的，三十年河東，三十年河西。

睏了，我要閉目養養神了。

那年頭，大家都窮，新婚沒多久，我就跟他從老家寧波來到了香港，在一棟舊唐樓分租一個小房間，房間裏只放得下一張床。兩個女兒的出生才讓我們有機會住進政府的公屋。要不是為了謀生，誰人又願意離鄉別井呢！一眨眼就在香港生活了快七十年。前幾年，跟大女兒、女婿一道回鄉下探親，讓女兒也見見她的小舅父。老家舊房子的牆上還掛著我們姐弟倆當年讀書時演戲的劇照，不過物是人非，我們姚家村的左鄰右裏，也沒剩下多少人了。問我想不想家？當然想！不過想的是在香港、有我兒女在身邊的那個家。

大弟運道好，自出生後，他阿爸的工作順利，手頭雖然拮据，但比起很多過著賣、當、借的日子的香港人，我們也算是脫貧了。小弟出生時，我們已能稱得上小康之家。你們幾個都要感謝當海員的阿爸，這是他年年漂泊在外為這個家掙回來的。你們現在都有好職業，坐寫字樓，工作體面，又賺到鈔票，不用像他年輕時那麼辛苦。不要怪你爸總拿你們在人前賣洋，因為你們出息就是做爺娘引以為傲的成就。

我的生活也很簡單，跟其他屋村師奶一樣，買菜、燒飯、洗衣裳、帶小孩，也會接一點手工活賺點外快、貼補家用，我會得織絨線衫，賺的鈔票比剪線頭、穿膠花都要多。為了聯絡感情，有時也陪街坊鄰居搓搓小麻將。我的廣東話都是從生活中學習的，不過講得不標準，用字發音都帶寧波腔。這總讓我有種異鄉作客的不踏實的感覺。對，你們可能覺得我怕事、懦弱；但我沒文化沒本事，處處都得靠人幫襯著，根本無法逞強。只有在家，和你們一起才最有安全感。

「芳媽，開台啦，三缺一！你的同鄉呂太也上場。」

「馬上就來了！我先拿飯燒上去。」

「芳媽，儂額小囡乖伐？大囡兒蠻漂亮額。」

「哎呦，依皮得勿得了，作煞了！漂亮有啥用場，讀書嘸讀勿進去！」

呂太就住在同一層樓，幾十年過去，大家的兒女都長大了，成家立室。我有四個兒女、五個孫子孫女，最小的剛進大學。在澳洲的外孫特地跟他媽媽回來看我，其他住在香港的就更不用講了，隔天就來，都很孝順。有時我太累，沒有張開眼睛，但他們的聲音我每一個都認得清清楚楚。

心願

落雨了，大弟放學回來了伐？快點來幫我收衣裳，我手夠不到。

夜晚不要關燈，我現在特別怕黑。

天氣太熱了，不要幫我蓋被頭，拿把扇子給我吧。

「媽，能醒一下嗎？醫生問你覺得怎麼樣？痛嗎？姑娘一會給你打針。」

「不用怕，馬醫生說你可以在家中養病，不強迫你進醫院。江姑娘每天都會來看你，也會給你止痛藥的。媽，你安心，我們都會在家陪著你。」

曉得了，我雖然閉著眼睛，心裏還蠻清爽。馬醫生年輕能幹，人又幽默風趣，江姑娘最關心我，做事爽快麻利，但又細心輕巧。他們每趟離開時，我都揮手告別，不曉得他們看到沒有？

之前我還能走動，由你們攙扶著，還可以自己上廁所跟洗浴。要是住醫院了，病人多，醫院人手不夠，又怕病人下床跌倒，就肯定像你們阿爸住院時一樣，手腳被綁，大小二便都只能在床上解決，真作孽，我哪能受得了啊！外加探病時間只有幾個鐘頭，夜裏我一個人冷冷清清、孤孤單單的，可憐啊。病人的呻吟聲，遇到緊急情況時醫生護士跑來跑去的腳步聲，多嚇人。萬一我真的要走了，你們又都不在身邊，想看你們最後一眼都看不到。所以我三番四次跟你們說，我不要住醫院。人老了，總歸要走的，讓我舒舒怡怡在自家屋裏，由你們陪伴著走這最後一程吧！

你看，現在多好啊。你們不分晝夜，一直在床邊陪我，拉著我的手跟我講家常，替我量血壓、數脈搏、揩身清潔，體溫低了又替我蓋被頭，熱了又幫我搧扇子，就像小時候我照顧你們一樣。大弟、小弟、媳婦、女婿、孫子來吃飯時，你們抱起我坐在輪椅上湊熱鬧。我雖然啥也吃不下，但聽到你們的聲音我就覺得開心。你們輪流通宵照顧我，吃又吃不好，睏又睏不著，我曉得你們辛苦。雖然憐惜，但我也明白你們的心，只有珍惜相伴這最後的分秒，才能減輕永別的傷痛。

醫生講我住院會得到更好的醫藥和照顧，也會在這世上多一點時間。何苦呢？這是捱日子。能夠尊嚴地、安靜地離去才是我的心願。我曉得你們都懂我的心思，不會讓我在生命中留下半點遺憾的。

讓我再看你們一眼，要走了，老頭子在催了。大弟小弟在門外，快去開門。

「老頭子，勿要催來！劉三姐跟阿牛哥結交訂百年，啥人九十七歲死，奈何橋上等三年。儂只等了我一年多，介急做啥！」

大家姐回來了

「大家姐，自從阿媽證實是癌症後，情況開始變壞。她不想吃東西、倦怠、乏力、噁心、肚瀉、腹痛、便血、全身發黃。醫生說發黃是膽紅素（Bilirubin）過高的現象，最好住院引流。你也知道阿媽是抗拒住醫院的，聯合醫院和靈實醫院有一個「護養在家」（Virtual Ward）的合作項目，剛好有個空位，我們又符合資格，就馬上申請了。這是醫院的社康護理部設立的綜合外展服務，為晚期病患者提供在家中的舒緩護理。醫生護士會定期家訪，與我們共同訂定在家的醫護計畫。你說好嗎？」

「明智的決定，這段時間就辛苦小弟、你和你二姐了，我剛訂好機票，過兩天就會到。」

「阿月，你在我家工作多年，就像親人一樣，你年輕，辛苦一點，早上三點鐘起床接我的班。阿妹，你早上六點頂替阿月，八點半叫醒我等醫生和護士來。白天我們要兩個人值班，我去醫院拿藥時，阿月要等我回來才能午睡。阿媽愛乾淨，堅持自己上廁所和沖涼，小心照看，千萬不能讓她跌倒。一日三餐就別煮了，麻煩其他人安排吧。抱扶阿媽坐輪椅時，先蹲下身，避免弄傷自己腰骨。她現在不吃不喝，身體只會一天天變壞，阿妹你最眼淺，忍不住要哭時就躲開一下，別當著她的面。聽覺會是她最遲消失的知覺。我們自己一定要保持身心健康，才能把阿媽照顧好。」

「我明白的，家姐。我都是拉著她的手，和她說開心的事。孫兒孫女是她寵愛的寶貝，我就告訴她，誰又轉工了，誰在拍拖了，誰最受老闆器重……拿著她最喜歡的扇子給她輕輕搧著，阿媽很安靜的聽我講話。尋不著話題時，再重複一遍，反正我們的事她是百聽不厭的。」

「大家好，我是江姑娘，我會每天來跟進婆婆的情況，為她施藥、向醫生彙報。雖說護養在家是不用住院的，但如果碰到緊急情況需要急救復甦、靜脈輸液和輸血等，還得去醫院進行。你們和病人當然有選擇權，但如果能早一點考慮並作出決定，就最好不過了。如果我的電話未能接通，可留言或重複致電。我們是一個團隊，大家齊心合力，一定會讓婆婆得到最好的照顧。這位是婆婆的主診醫生。」

「婆婆，我是馬醫生，不用怕，我的任務是家訪治療，不是來帶你去醫院的啊，你放心好了。我們會通過注射泵為你作皮下注射，輸送止痛和止嘔藥，不過藥量是有限制的。如果你願意並且有需要時，可以隨時住院，那裏有足夠的設備。你女兒說，你趁她們不注意時就偷偷的一個人上洗手間，這樣不好，跌倒了怎麼辦？要不我送一個小鈴鐺給你戴手上，或者在床邊裝上護欄，好嗎？讓我來搜一下，淘寶什麼都有得賣。」

提早慶祝母親節

「大家姐，這幾天一到黃昏，阿媽總有點躁動不安，手老是往上伸，像是要抓什麼東西似的，間斷的說著夢話，好像是叫大弟幫她做什麼。晚上關了燈她反而睡得不穩當，很奇怪。這兩天她的手腳和額頭越來越冰涼了，不過身子還是暖的。」

「阿媽的情況很像是「日落症候群」（Sundown Symptom）的症狀，通常會發生在失智症或者精神狀態混亂的病者身上，成因不明，但聲音和光線的變化都是誘因。阿媽應該是在一種迷糊狀態，分不清現實與夢境。我們晚上把夜燈亮著，放一些輕音樂，應該會有舒緩作用。她很長時間沒進食了，正在燃燒體內剩餘的精力，能量越用越少，無法將血液推送至四肢末梢，只能儘量保護重要的器官，所以手腳會先變冷。」

「大家姐你懂得真多，而且處事特別有條理，真佩服你啊！」

「我也是通過上網查找資料和請教醫療界的朋友的。感情上，我跟你和弟弟們一樣，每天都在悲傷不安中渡過，不知道希望那一天來得快一點還是慢一點好，讓阿媽早些脫離痛苦抑或讓我們多相處幾天，內心確實很矛盾。不過我會時刻提醒自己要客觀冷靜，儘量瞭解情況，配合醫生和護士的工作，讓阿媽得到最妥善和恰當的照顧。每天告訴你們她的病況，這樣大家慢慢的做好心理準備，有所倚靠，不必驚惶失措。根據各人的性格和實際情況，大家承擔著不同的職責，讓我們陪阿媽一起走好這最後一程。」

「大弟今天買了這麼多餸菜，嘩，有海南雞、肉鬆皮蛋、鹵水鵝片、鍋貼、餃子……我的減肥計畫又要推延了！兩個女兒長這麼大了，拍拖了吧？」

「大姐夫，女大女世界，管不了許多，她男朋友病了，昨天還請假去照顧他哩。不過幾個孫兒輩的孩子都很有孝心，一得空就來探望嫲嫲。見到他們就最開心，對不對，阿媽？」

「阿媽喜歡熱鬧，我和阿哥約定一放工就趕過來。剛還在樓下街市買了紅燒豆腐來加菜呢。」

「老公，快看，阿媽睜眼看了我們一下，肯定是聽到你說買了她最喜歡的豆腐。大家姐、二家姐和阿月，辛苦你們了，日夜看護病人最不容易。」

「我和大家姐這段時間都沒什麼胃口，今天餸菜豐盛，像吃團年飯一樣，大家都敞開吃吧！」

「好，好，多吃點。阿媽，我們四姐弟、小孩們、你的女婿和媳婦都在，很熱鬧，為你提前慶祝母親節啦，我們先吃飯啦。來，大家起筷！」

女兒的自白

阿媽，我知道「不打不成器」是你那個年代管教孩子的金科玉律。但我跟妹妹不一樣，被你打罵時我從來不哭，也不避讓。還記得小時候你滿心歡喜的送我一雙新襪子，我不喜歡那色樣，一臉的不高興。你沒作聲，但以後就再也沒有給我買東西了。其實我心裏是後悔的，很想對你說一聲對不起。我這種爭強倔強的性格，不知是否來自你和阿爸的遺傳呢？人生走了一大半，也經歷過不少風風雨雨，別人都誇我能幹、堅強，其實我只是不想人家看到我的軟弱而已。媽媽，我幾乎從未見過你哭，除了外婆和阿爸去世的時候，你是否也常常背人垂淚呢？

他們說我長得像你，我想我可沒有你漂亮好看，不過烏黑濃密的頭髮就肯定是繼承了你的。每天梳頭時，我都會想起你。

你廿多歲就離開了故鄉的家，為了追求更好的生活。我廿歲那年也因為工作需要，搬去了單位的宿舍居住，結婚後又移民海外，去創建我自己的家園。這個親手打造、朝夕眷戀的家，其實只是人生的一處驛站，我們終歸還是要離開的。

阿媽，前晚晚飯後，你一直昏睡，今早突然睜開眼睛，匆匆的看了我和妹妹一眼，然後你就靜靜的離開了，永遠的離開了我們，離開了你最戀的家，去天堂和阿爸相聚。你希望生命中最後一刻在家裏渡過的意願，我們為你完成了，安息吧，媽媽！

缺少了你身影的家特別冷清。你的後事已交由大弟和小弟去處理，我本想好好休息一下，但夜裏還是睡不安穩。這段時間，因為照顧你，我已經習慣了晨昏顛倒的生活，現在突然要改回來，真有點不適應。

半夜醒來，枕頭是濕的，也許是在夢中想起你了。

愛情幻想曲

雲和雨

早起，天空灰濛濛的一片，不知是雲還是霧，氣氛是陰霾低沉的，壓抑的。今天將會是個陰天、雨天抑或晴天呢？

這種感覺就像妳不開心的時候，不開心的原因可以很多，因為某些人、某些事，也可能是因為我。那一刻的妳是不能碰觸的，嘗試著逗妳說說話吧，先是小雨綿綿，最後必定傾盆而下。

下大雨了，除了找個地方躲避外，還能怎樣？

雨過了，天邊隱約浮現一抹藍。迷矇的霧就像妳濕潤的眼睛，淚汪汪、水靈靈，楚楚動人。雖然陰霾慢慢消退，天上還是飄著烏雲，但看起來已經不太沉重。我的一顆心也放下來了。

雲慢慢地從烏暗轉為亮白，形狀也不停地變化，時而像飛天的鳳凰、時而像仙女飄飄的衣袂。

雲是千變萬化的，憂鬱沉重、清爽活潑、惹人喜愛也招人煩惱。

太陽出來了，天藍了，雲就變得像天使的衣裳般白皙和純潔。像你的臉，溫柔嫵媚，風情萬種。

知道嗎？妳就是我心上的雲彩，而我，是你的太陽。

冬夜

冬天的特色是什麼？那還用問！只一字而矣，冷！
春夜繁星點點，晚飯後手挽手去散步，我們的臉似桃花。
夏夜蟲鳴處處，一把扇、一杯茶，樹蔭下乘涼，沉醉於清甜的晚風中。
秋夜冷月無聲，黃葉落了一地，我們像孩子，看誰把落葉踢得更高。
冬夜荒涼蕭索，呆在屋裏百無聊賴，還是早點鑽進溫暖的被窩吧！
我是堂堂熱血男兒，不用一刻鐘，身體就暖和起來了。妳嘛！冰肌玉骨，不管焐在被子裏多久，手腳都還是涼的。冰冷的雙腳總往我這邊纏靠過來，讓你取取暖，本也無所謂；但長夜漫漫，總不是個了局。
妳總得自己發熱才成啊！來吧，我們玩個員警捉小偷的遊戲，就當做運動。
好啊！貪玩的妳，笑得一臉燦爛。
我的雙腿是員警，你的是小偷，不用解釋了吧，行動了！我用雙腿夾制住了妳的左腳，你奮力掙扎，可惜還是逃不掉。讓右腳也來幫忙吧，小腳丫又怎敵得過大腳板哩！結果雙腿給我牢牢壓住，變成了我的俘虜。

妳漲紅了臉，嬌嗔大發，擼起小拳頭，另辟戰場。但淑女的雙拳不及硬漢十指，乖乖的投降吧！你說我是無賴，轉過身，背對著我，再不理會。對啊！我就是最喜歡欺負妳的無賴專業戶呀。

我從背後摟著妳，摸摸你的手，碰碰你的腳，這不就暖和了嗎。乖乖的睡吧，做個香甜的夢，員警哥哥也要下班了。

冬夜，溫暖我們的，是燒得熾熱的戀火。

看電影

拍拖看電影不是一般情侶的指定項目嗎？我和妳可算是個例外。

我們都喜歡看電影，但妳只看喜劇片和溫馨甜蜜的愛情片，與我嗜好刺激和恐怖的口味簡直南轅北轍。所以一年也難得上一次電影院。

你不陪我，那我找朋友一起去看吧。妳滿口說好，然後給我列出一個名單，說這些都是不能被邀之列。對，都是女性的名字。妳就是這樣小心眼，又不講道理。不過我的投訴無效，你總會抬出那無懈可擊的答辯：這是女孩子的劣根性和專利，改不了的。

今天生日，你答應要為我完成生日願望。陪我去看電影，看什麼我決定。重言守信不分男女。來吧，兩張豪華雙人座，午夜場，「猛鬼衝出鬼門關」。

一部出色的恐怖片，總會在鬼怪出現前配上神祕、恐怖、懸疑、驚嚇的聲效，然後用一秒的死寂來凝固你急速跳蕩的血壓，再以一聲巨響啟動你的心臟。伴隨這聲巨響的當然是妳的尖叫。不過無需尷尬，因為妳和她們的尖叫絕對足以與那一聲巨響抗衡。

妳永遠不會親眼去看猛鬼的樣子，它的長相是我在耳邊輕輕告訴妳的。當然就算是相貌和善的鬼怪，也會在我豐富的創造和渲染下變成妳心中最驚怕的夢魘。妳會把頭藏在我的懷中，拉起我的手抱住妳，妳的呢？也沒閒著，怕聽又怕聽不到，形式化的掩著耳朵。妳的身體緊貼著我，心臟像要蹦出來一樣大力地跳動著。妳當然也感覺到我急促的呼吸和心跳，驚悚的氣氛就這樣莫名其妙地被我倆推展至高潮。

當然不是每部恐怖片都好看，但和妳一起看這類電影卻永遠是一種享受。妳的髮香在空氣中蕩漾，也滲進了我的呼吸，熱燙的面頰伏在我的胸膛上，溫暖著我的心窩，柔軟的身體像小鹿一樣依偎著我，渴求著我的保護和憐惜。這一切都令我那與生俱來的大男子心態和英雄主義發揮到極致。

這種心態真是要不得！改一下嗎？改不了，這是男人的劣根性和專利。

紅袖添香

我喜歡閱讀。妳說我看書的速度太快、種類太雜；囫圇吞棗、饑不擇食。太粗魯了，一點也不君子。而妳則喜歡慢慢咀嚼，也只挑合口味的書來讀，是淑女型，和我不是一個道上的。

道不同，但卻又在同一處。要找我，到書房吧！我呆在書房的時間，比家裏任何一個地方都久。處理公事、批改文件、撰寫計畫書、演講稿、創作文章、讀書、聽音樂、冥想、甚至玩樂器和午睡，都在這一方小天地中周而復始的進行著。這是我的私密空間，誰都不敢打擾，除了妳！

沒有約定，也容不得我拒絕，只要妳興之所至，不管哪個時刻，妳會像仙女下凡一樣，出現在書房中妳專屬的那個書架前，那裏放著的都是妳喜愛的書本，剩下的空間，妳會佈置一些小貓、小狗的擺設，不容許凡夫俗子的事物玷染。妳的目光隨著纖長的手指在書脊上流轉，此時的我就會幻想自己是其中一本書，渴望得到妳的眷顧，和你耳鬢廝磨一整個下午。

妳總會穿一襲清爽飄逸的連衣裙，粉紅、粉藍、粉綠，還有我最愛的白。光著腳丫，長髮流瀉如春雨，在炎夏的日子，妳會用一根木簪松松的盤一個髮髻，雪一般的肩頸暴露在空氣中，一呼一吸之間散發著淡淡的香氣。婀娜的身軀倚在靠窗的長沙發上，讓下午的陽光灑一片暖和。妳，就像山谷中的野百合，把我的書房幻化成妳棲居之地。

有時妳或會為打擾了我的清靜而抱歉，就沏一壺桂花龍井，讓甜甜的花香代替妳向我賠罪。又或是點上一爐檀香，讓那裊裊上升的青煙，撫平我躁動的心靈。

窗明几淨，紅袖添香。妳說就是為這而來。

添的是書香？花香？爐香？都不對，是妳那充盈在書房每一個角落，令我緋側纏綿的——女兒香。

素手攏雲鬟，纖腰柳扶風；
冰肌凝霜雪，眉梢暗銷魂。
鏡前描粉黛，月下試新裝；
簾外人影動，頰豔勝桃花。

聰明與糊塗

我饞嘴，美食對我是一種誘惑，也是一大樂趣。也不知她從哪里學的，每隔兩三天，飯菜又變一個新花款，說讓我嘗鮮，我當然樂此不疲啦！不過，最不喜歡的是飯後洗刷那些油膩膩的碗筷碟盤。今天週末，她預備了特別豐盛的菜肴。飽嘗口福之後，要面對洗碗的苦惱了。得想個法子脫身才成。

近來她對圍棋著迷，常常纏著我教她下棋，那就來個引君入甕吧。

「你的棋藝進步神速，要不要和我對弈一盤，正好消消食。」

「哎，好呀，不過下棋也能消食？之前沒聽說過啊。」

「對奕總得有點彩頭，這樣吧，誰輸了誰洗碗。不過我會讓你六子，也破例讓你執白先行吧。」

「好呀！我最喜歡白色的了，之前你總說我棋力低，根據規定只能執黑子，嘻嘻，我執白子必勝。」

我心裏暗暗為自己的小聰明樂了一把。以她現在的棋力，讓她六子的確是有一點難度，但她的棋路我是看透了的，只要下錯一手，我必能勝券在握。

這不就來了！第一手下在天元位，然後她又集中經營邊上和中腹的領域。還下不到五十手棋，敗局已呈。算了，這裏的一塊棋，我就不點殺它了，給小傻瓜留點面子吧。

「我認輸了，我來洗碗，你去看你喜歡的書吧。」

哈哈，妙計得逞！不過奇怪她明明知道中腹四面受敵，無險可守；而且在第一課我就告訴她「金角、銀邊、草肚皮」這個道理的呀。為什麼這盤棋下得這樣糊塗？

難道愛情真會令人變糊塗了？

講故事

今天下雨了，沒有什麼地方好去，呆在家裏可以做什麼呢？下雨天，故事天！這是她的指定項目。你看，她已經拿著史努比抱枕，一臉期待的神情，輕輕地在她坐著的沙發上拍了兩下，示意我過去。嘿，我可不是小貓小狗啊！不過這段講故事的時光，我也是挺享受的。說什麼故事好呢？三只小豬？狼來了？小紅帽與狼外婆？就喜歡她斜著眼、嘟起小嘴嬌嗔的樣子，逗著她玩就是樂趣。

我當然知道啦！她最喜歡聽的就是我家鄉的故事。那就說說我姨婆的愛情故事吧。聽到是愛情，她的精神來了，趕緊坐直了身子。

「姨婆生就一副美人胚子，長長的睫毛、如櫻桃般的紅唇，而最漂亮的是一雙清澈明亮的眼睛，長得特別像年輕時的山口百惠。」一本來靜靜聽著故事的她，不期然地睜開那雙烏溜溜、水靈靈的大眼睛望著我。對，就是這樣的一雙眼睛。讓我不禁懷疑姨婆的美是否我從她的容顏想像出來的。

「姨婆和姨公是讀大學時認識的，姨公是學長，工程系的優等生，也是一名運動健將，有著強壯的體魄，寬闊的胸膛。」

不知是否累了，還是沉醉在我的描述中，她慢慢的靠過來，軟綿綿的依偎在我懷中。

「畢業了，他們相約去日本留學。那是一段無憂無慮的日子，他們最喜歡在週末到代代木公園閒逛。妳可以閉上眼想像一下，一對戀人在滿天紅葉飛舞下攜手漫步的情景，來，讓我念一首姨公寫給姨婆的詩吧。

七月的穹蒼
無盡的星星在夜空中
向我微笑
最晶瑩的一顆
劃破了天際
墜落了凡塵
我在猜
該屬於哪座天宮
被謫的仙子
我偷偷的望了一眼
失了神，著了魔

靈魂隨著晚風
輕輕的飄
飄到哪里？
飄到
妳的心坎裏！

雨停了，幾縷陽光從窗外照進房間，灑了一室的溫暖和甜蜜。她枕在我的大腿上，蜷曲著身子，懷中抱著她的史諾比，紅紅的臉襯著微微上揚的嘴角，是睡著了？抑或沉醉於想像中的良辰美景？

我輕輕摟著她，慢慢的合上了我的眼睛。

溫柔殺死人

工作了一整天，真的很累，尤其是肩膊，成日對著電腦，肌肉繃得緊緊的，我癱瘓在沙發上。她輕輕的走到我背後，輕輕的揉著我的雙肩，輕輕的說：「閉上雙眼休息一會吧，寶貝。」

她的一雙柔軟和暖的手，就像催眠師一樣，讓我連謝謝都說不出來。

她最喜歡做普拉提，身材健美、雙腿修長。有一次在街上走，一個自稱星探的人邀請她去當模特。雖然不知真假，但她確實也樂上了好半天。我喜歡她穿裙子，買了一條白色短裙送她，想像著短裙配上長腿那種綽約風姿。一試之下，發覺太短了，我心想，以後還是不要給她買衣服了，免得浪費又遭人嫌棄。她拿起裙子比劃著：「親愛的，這裙子有點短，穿它上街我會臉紅的。不過只有我倆的時候，穿給你看，還挺合適。」

自此，我為她挑選衣服的熱情不減反增。因為她總有方法令我覺得自己的心意沒有白費。

人生中難免經歷發愁煩惱的時刻，無論我如何努力裝作若無其事，總也逃不過她細緻入微的觀察和敏銳的感覺。她會用眼神輕巧的發問，如果我願意訴說、她會耐心的傾聽，或點頭同意，或輕聲歎喟，或許會提提意見，但絕不月旦批評。她微微用力的握著我的手，關注的眼神在說：「心疼你，我的甜心，對你有信心，你是最棒的，加油！」

她是我的愈療師，懂得只有治癒了心靈，讓我變得強大，才是排難解憂的最佳方法。

她說話總是不徐不疾、輕聲細語；做事不急不躁，讓人覺得平和自信；她從不跟我絮絮叨叨、糾纏不清。她能讀懂我的心，又能分擔我的苦與樂。她的臉上永遠帶著溫和的笑容，善解人意。她和藹、關懷、體諒。她不會對我發號施令、頤指氣使。

她，就是溫柔的化身。

她讓我自由飛翔，但落腳處總是在她的身旁。

溫柔是一種氣質，一種態度，一種修養。

溫柔的力量是無窮的，令你只有甘拜下風、俯首稱臣。

溫柔讓她在愛情路上成為永遠的王者。

朋友說：文人多大話，這樣溫柔的女子，世上哪里找去？

我回答：在我家呀！

不散的筵席

中國，我來了

我和卡爾是合作多年的同事了。當年他被任命為學院裏國際教育部主任，而我就理所當然地成為他的導師和拍檔了。金頭髮、藍眼睛的帥氣小子生長在澳洲偏遠的農村。唯一一次走出國門是去新西蘭渡假。這次可以跟我去中國做項目，顯得十分雀躍，我們的目的地是山東濟南。

飛機輕巧地滑落在遙牆國際機場的跑道上，卡爾興奮地說：「中國，我來了！」

「天呀！我一生都未見過這麼多的人，這麼多的車，這麼多的購物商場，這麼多的餐館，這麼多的高樓大廈，還有這麼多的……」在機場往酒店的路上卡爾一直嚷著，好像劉姥姥進大觀園，看啥都是新奇事物。要是到了北上廣（北京、上海、廣州），那還不被嚇呆？算了，差旅第一天就休閒一點，帶這小子見識一下我們包羅萬象的大國之風吧。

入住酒店後馬上去血拼，十元一件的T恤買了一大堆，每天一件不同顏色可以替換又不重複；牛仔褲、風衣、襯衣、西裝外套，還有不同款式的領帶，連接起來的長度足夠讓被囚禁的公主從高塔上逃下來。

累了，足底按摩去，痛得他拼命求饒，說下次不敢再試。看到他齜牙咧嘴的怪相，我和按摩技師都笑得喘不過氣來。晚飯就隨意吃了碗麵條，趕著去電腦商場逛逛，結果又捧回了一批電子產品和錄影。在中國的第一天，卡爾已感動得差不多涕淚交流，對我也越發尊重和崇拜了。

一宿無話，早餐過後整裝待發。商務會議，外方的禮儀是要正裝上陣的，西服領帶穿戴整齊。金髮小子面對著昨天買回來的幾十條領帶，正在發愁。

「什麼顏色好呢？我的西服是黑色的，白襯衣，博士老師，給我點意見吧。」

我給他挑了一條暗紅有斜紋的，說中國人在喜慶節日或者正式場合都偏愛紅色，你就入鄉隨俗吧。卡爾結好領帶，對著鏡子左顧右盼，露出很滿意的微笑。

「紅色的領帶和我金色的頭髮真搭配。今天公事完畢，我們去多買幾條紅領帶，替換替換。」

領帶又不是襯衣還要天天替換嗎？差點給他活活氣死。早知道昨天不帶他去買了，真是自找煩惱。趕緊拉著他出門，避免夜長夢多。

進入會議室，洽談方的領導清一色的簡約配置，白襯衣，長袖、短袖兩相宜，卻沒有人打領帶和穿西裝外套。看著一臉尷尬的卡爾，我小聲說：「沒事，這叫棋逢敵手，壁壘分明，可以理解的。」大家握手寒暄，自報家門，分主客坐定後，會議開始。金髮小子長得帥，人又活潑，搶了不少風頭。每每獲得讚美，他雖聽不懂中文，但人很聰明，感覺到人家說的都是好話，總求著我翻譯。哼，與公務無關的事我才不管呢。

一般中方配的翻譯都是年輕的英語老師。教書還可以，在正式場合當翻譯，的確是一大挑戰。卡爾說話又特別快，加上濃重的澳洲口音，翻譯老師大為窘迫，用眼神向我求救。好吧，看在你剛才沒有盲目追捧金毛小子的份上，就讓我這個老前輩拔刀相助。

有朋自遠方來，不亦樂乎。中國人講禮儀、好客，中國菜聞名天下，簡單的一頓午飯已令卡爾眼界大開了。金毛小子在澳洲小鎮的中國餐館吃的，不過是什麼特色揚州炒飯、豆豉牛肉、酸甜排骨這些哄哄外國人的改良過的中餐。他不知道坐在身邊的我，曾經還當過這些餐館的幫廚哩。

午餐桌上擺放著各種卡爾從未見過的菜式，糖醋裏脊、豆腐箱、德州扒雞、朝天鍋、油爆雙脆、清湯西施舌……僅數款已足以展示我國飲食文化博大精深之處。主人家一聲不要客氣，大家起筷吧。卡爾不明白這只是一句客套話，就真的不客氣起來，把喜歡吃的菜夾滿一大碗，之前教過他的什麼餐桌禮儀，早拋到九霄雲外了。當然大夥都不介意，見他吃得開心，愈發殷勤地佈菜。我本來不知為什麼廣東人會說「飲飽食醉」，中午雖然不喝酒，但看到卡爾那種陶醉於食物的表情，終於明白為什麼食也可醉人了。

午飯後主人送我們回酒店，讓我們好好休息，晚點再來接。在澳洲我們都沒有午休的習慣，所以卡爾覺得很不解，一直向我抱怨說下午這幾個小時閒著多浪費。少見多怪啊，待我來給他上一節生活與健康課。

「你不是常常說與你同齡的亞洲人，特別是中國人對比，人家氣色和皮膚都比你好，一點不顯老。就像我，年年都二十六歲一樣。原因就在於我們懂得養生。午休就是其中之一，不要小看這午間小睡的作用，一方面減壓，適當地恢復體力和精神；另一方面可以讓你靜下來思考，反省和計畫下午要做的事。這叫休養生息……不過算了，說了你也不懂。反正記著入鄉隨俗這句話就好。睡不著就打電話給你的甜心談談情吧，總之不要來吵我。」

還有十分鐘才到約定時間我就聽到敲門聲。一開門，看到一個悠閒打扮，沒穿外衣也沒結領帶，只穿白色短袖襯衫的卡爾站在門外。

「博士快點換好衣服，要穿得跟我一樣，入鄉要隨俗，這可是你說的。」

哀哉，誰讓我遇上這些腦筋不拐彎，墨守成規的老外！真不知要罵他愚笨還是誇他耿直。中國的文字夠豐富，此時此刻，不禁想起「作繭自縛」這句成語來。

打開會議室的大門，赫然看見一支西裝筆挺，白襯衣、紅領帶的隊伍微笑相迎。再望望一臉尷尬的卡爾，我小聲說：「沒事，這叫化敵為友，以和為貴，可以理解的。」大家相視片刻，隨即哄堂大笑。雙方都感受到了被尊重的愉悅，從這一刻起，開門見山的洽談才算正式開始了。

每一次會議結束，總離不開一頓豐盛的晚宴。雖然仍是雞、鴨、魚、肉，但做法又與之前的不同。大領導理所當然坐主陪的位置。我年長，被奉為主賓，卡爾想挨著我坐，但還是被安排坐了副主賓的位置。吃過第一口菜，中國的酒文化登場了。

山東人席上是無酒不歡的，熱情得讓人受不了，一旦喝上了，除非喝醉，否則欲罷不能。我痛風，不宜飲酒，陪過第一杯後，立馬坦誠告罪：來時夫人有交代，少喝酒來多吃菜。我和卡爾早已有君子協定，我管吃，他管喝。卡爾從小就在農場偷爸爸的酒喝，自忖酒量過人，滿口答應下來。這次就讓他好好領教一下這裏面的水有多深。

得知老外是「劉伶」，這下好玩了，大家馬上轉移目標。一般我的金蟬脫殼之計都能成功。開始時大家還斯斯文文的，小杯小杯地敬一下。三巡過後，發覺卡爾的確能喝，那就什麼「感情深一口悶，六六大順，九九歸一，十全十美」的勸酒話都來了。還要我當翻譯，教卡爾猜拳。

我正品嘗珍饈美味，怕他們來煩，於是提議用一個國際猜拳遊戲——石頭，剪刀，布。簡單明快，中外皆懂，三盤兩勝，輸的罰一杯，贏的陪一杯。單打獨鬥也好，群毆也成，反正我不參與。飯局至此，早已不成章法，杯盤狼藉，乾杯之聲不絕，中英夾雜，敵我不分。卡爾雖勇，但終歸寡不敵眾，真的再喝不動了。

到了總結的時候，大領導說：「洽談取得圓滿成功，乾了最後這杯門前酒，大家回去好好休息，明天預備簽署合約吧！」

我扶著醉眼惺忪的卡爾踏進酒店大門，打趣地問他還要不要去買領帶。

「不去了，我要休養生息。明天還要入鄉隨俗，感情深一口悶，乾杯！」

這小子，中文倒學得挺快。

吃

我是一個饞嘴的人。因疫情困在家裏這半年多，沒有什麼娛樂，最好的享受就是吃。昨晚已經睡到床上了，但輾轉反側，不能成眠。肚裏好像欠缺點什麼似的。掙扎良久，最後還是抵不住這種折磨，下床找吃的去。暖暖的一碗麵條，填飽了因空虛而咆哮的胃。這種充實和滿足，帶給我無限的幸福感。

正預備回我溫暖的被窩，刷到朋友圈的一條信息。朋友說：肚子耐不住寂寞，做了個宵夜；減磅又失敗了。附帶一段短視頻。黃澄澄的一碗燉蛋，湯匙在上面輕輕敲打，蛋面的張力把湯匙微微反彈起來，燉蛋的表面一點破損也沒有。完美的烹調，看得人心動魂牽。對於嗜吃的同道中人，我會無條件地永遠支持。趕忙留言說：民以食為天，減磅等明天。朋友回答：餓了很難睡好。對啊，我不就是因為這樣才看到她的資訊嘛。這正是對這句話最佳的佐證。

因為工作需要，我常常要往外跑。中國轉了一大圈，三十多個省、自治區、直轄市和特別行政區除了海南、內蒙古、青海和西藏外，大江南北全都走了一遭。魯、川、粵、蘇、閩、浙、湘、徽，中國的八大菜式，自然都逃不過我這枚吃貨的齒頰。

說到調味創新和烹飪手藝，誰也比不上我們中國人。自作一首打油詩，以顯其偉大之處。

炒爆溜炸，無油不成，
蒸燴鹵燉，缺水不歡；
醃拌烤熗，可葷可素，
煎燜熏煮，唯靠大廚。

就以處理雞蛋為例吧。燉蛋、焓蛋、炒蛋、煎蛋、蒸蛋、煮蛋、鹵蛋，味道各有不同。更不要說中國特有的皮蛋、薑醋蛋、鹹蛋和茶葉蛋等外國人撓破頭皮也想不到的製成品了。小時候考試前，媽媽會把生雞蛋打入水杯中，然後沖進大滾水（廣東人稱開水為滾水）。說補身體，可以考得好成績。這種食法我稱之為「滾蛋」。

吃，在不同的地方和場合會有別樣的感受。我吃得最狼狽的是貴州的昆蟲宴，螞蟻、蜜蜂、竹蟲混作一盆，群魔亂舞。最拘謹的是政府部門的宴會，吃了什麼都不知道。最商業化的是杭州西湖和北京王府井大街的名店，味俗而濫，名大而虛。最賞心的是西安高校長請我吃的宴舞，口嘗五味，耳聞仙音，目不暇接。最隨意的是臺灣的街頭小吃。最難忘的是港式茶餐廳，雲吞麵、乾炒牛河和奶茶。最開心的是和學生們一起吃的那頓校長的晚宴，我品嘗著青春和夢想。南京的好友何先生一門出了三位博士，他的一家人和培訓時熟識的老師與我聚餐，吃的都是眷戀懷念。重慶有我的知交和永不褪色的麻辣江湖味。福建吃的味道是海和茶。昆明吃的是春天的氣息。

我是南蠻子，兜兜轉轉廣東菜仍是吾最愛，羊城住著我的跨世紀老友階雲兄嫂全家，還有他姐姐、老八、老七這幾家子，吃什麼都甜在心頭。

常總和梅校長知道我喜歡吃，帶我嘗了不少東莞美食，最惹味的是牛、魚、羊火鍋，怎一個「鮮」字了得！有一次吃全龜宴（龜是飼養的），我本來不太情願，禁不住常總和梅校的遊說，一試之下，驚豔也。

Amy 邀請我和老師們到她家晚飯，精神矍鑠的老太太也參與了，弟弟、小孩濟濟一堂，滿屋子笑語，一桌流水席般的盛宴，吃的是無價的家庭之樂。

每次回東莞，都會約上好友吃飯。阿和夫婦、Janice、小薇、阿綱、阿謙、博輝和阿平、表姐仁嫂一家、學校的老師和同事……

如此良辰好景佳餚，合著千種風情，怎不惦念？

都是燉蛋惹的

朋友的一碗燉蛋，讓我情不自禁寫了一篇關於吃的文章。想不到反響蠻大，平時沉默寡言的、瀟灑不羈的、高貴矜持的、孤芳自賞的、含羞答答的，紛紛露出吃貨本色。留言點贊之餘，更多的是求索美食資訊和食譜。有見及此，不得不贅言多寫一篇。相信還有不少隱藏在革命隊伍中的超級吃貨，這次要將他們澈底暴露出來，好讓我收編成一支食家新軍，向所有美食王國下戰書。

三禽中我特別愛食雞。三杯雞、炸子雞、砂鍋雲吞雞、客家鹹雞、薑蔥霸王雞、醉雞、烤雞、豉油雞、蔥油雞、大盤雞、炸八塊、辣子雞、陳醋雞、德州扒雞、口水雞、叫化雞、花雕雞、汽鍋雞、麻油雞、人參雞……「報菜名」式的列舉出來，發現自己吃過的做法真不少，但還未嘗過的相信更多。

白斬雞的烹調法最為我所鍾情。用湛江雞、龍崗雞或者清遠雞，浸熟，或蒸熟也可。伴以薑、蔥、熟油，原汁原味，返璞歸真。東莞出名的豆皮雞，石龍鎮「和慶食館」的招牌菜和慶雞，做法亦為白斬雞一路。不介意排隊等位的話，可以一試。

臺灣臺中的甕缸雞，用的是荔枝柴火，我們一家都愛吃。惠州博羅縣波浪山莊的窯燒雞，可與其媲美。

住在番禺老家的表姐仁嫂是我在中國唯一的親戚了。在老屋她總為我養著幾只大肥雞，我回到東莞都會找機會和她見面吃飯。遇著我太忙，仁嫂就把煮好的雞送過來，每餐半只，飽了，飯也不用，濃濃的鄉情。

阿保是我大學的學長，文采風流，瀟灑人生。重孝、愛吃，我輩中人也。他的拿手小饌我們稱之為「保哥雞」：鹽水煮滾，雞下鍋、關火、浸熟，將整只雞放入冰箱冷凍，隨後去骨、斬件、上桌。雞皮從極熱到極冷，緊繃收縮，入口爽脆，雞肉烹之以沸水而非烈火，故不乾不老，鮮嫩軟滑。非知己好友相聚，保兄等閒不下廚。上面的做法我沒有求證於他，反正別人無論如何都做不出「保哥雞」的滋味。

小時候家窮，生日只能煮一枚雞蛋慶生。及長，生日則必有白斬雞。我兒子在澳洲出生長大，肯德基和麥當勞的炸雞塊才是他心之所屬。中文已經學得不好了，連吃的文化也要丟失，為父之過，慚愧。今天是他生日，還好，他說要吃填鴨！

然而澳式填鴨屬洋涇浜產物，皮肉不分，生怕老外吃不飽似的，東方菜肴細膩的美感尚存無幾。罷了，做父母的只期盼兒女健康快樂，喜歡吃啥就吃啥吧。

炒貴刁

吃，除了為果腹，也是一種藝術。食物做得好猶如藝術品，要珍惜。

清代才子袁枚撰寫的一本食譜《隨園食單》，內有吃的十四戒。雖然部分已不適用於今天，但其中「戒耳餐」「戒目食」「戒暴殄」三條是永不過時的。戒耳餐指不貪吃珍貴之物，戒目食即不貪多，要適可而止。以前出差回國，但凡宴會，主人要擺排場、顯富貴，必然極盡奢華，吃的都是山珍海錯、鮑參翅肚，我還喝過帶金箔的白酒。幸好分量少，未到吞金自盡的地步。現在好多了，公費宴請皆有標準，私人飯局亦懂珍惜。清盤是德行。「誰知盤中飧，粒粒皆辛苦。」暴殄的意思很清楚，為吃得精而浪費、糟蹋、甚至殘害生物，不可取也。

《隨園食單》應該是我國早年最全面的一本食譜。書中論及多種食材的宜忌，和三百多樣菜式的烹飪技法。現代經濟環境越來越好，教人烹飪的書數不勝數。記憶中臺灣傅培梅的《培梅食譜》是早期此類著作中的經典。留學澳洲時，很少上館子。同伴都按著《培梅食譜》自己動手，廚藝就這樣鍛鍊出來了。澳籍華裔名廚、電視節目主持人及女作家 Kylie Kwong 出版了一本關於中國飲食的新書，五百多頁，大十六開本，硬面彩色印刷，當然讓我這個老饕心動。

不過盛惠一百澳元，貴！對當年的我確切來說是，很貴！《澳洲人日報》贊助三本贈書，只要能在五十字之內寫出打動作者的求贈理由。那時我剛到澳洲，閒來無事，姑且一試，幸運地獲獎了。此事我一直引以為傲，順帶一提，給自己面上貼點金，請多包涵。

我好吃懶做，不鑽研食譜，但喜讀談吃的書。對《知堂談吃》《雅舍談吃》甚為鍾情，還有汪曾祺，見聞廣闊，文筆優美。近一點的有蔡瀾，愛其率性瀟灑，遊戲人間，文如其人。喜歡的還有逯耀東和唐魯孫的談吃系列。唐魯孫出身貴胄，滿族鑲紅旗後裔。出入宮廷、周遊四海，寫的是食事，但又包含著民族典故，風俗文化，讀來興味盎然。

中國乃美食大國，隨著人口的流動、文化的傳播，中國的美食傳到其他國家，混合改良後又產生出一些特色的烹調方法和菜式。在東南亞一帶的國家中，馬來西亞就是表表者。中、馬、印三個民族的傳統互相融合，形成一種獨特的飲食文化。先父是海員，大半生與海為伍，漂泊四方，飲食單一，生活枯燥。船一泊岸，覓食當然就成為第一要事。父親放船回家時，總會給我們說一些所見所聞，其中當然包括各地美食。「炒貴刁」（Char Kuey Teow）這個名字就是最初從父親口中得知的。

貴刁即河粉，潮州人叫粿條，貴刁是潮語的音譯，以馬來西亞檳城最出名。做法類似廣東的乾炒牛河，不過配料和炒法還是有點不一樣。炒貴刁要用蛋、豆芽、臘腸，也有添加蝦仁、魚餅等其他配料的。先父喜食血蚶，每次都會額外付費，讓店家多放。要猛火，炭火尤佳，大油，爆炒，加辣椒醬、醬油、魚露和黑醬油（又稱黑油，用以調色）。我每每吃炒貴刁時總想起父親，也會要多加血蚶。炒貴刁，我是百吃不厭的。

我有個合作夥伴在吉隆玻，所以也常去馬來西亞。檳城的新關仔角（Gurney Drive）是美食天堂，沙嗲、喇沙（Laksa）、羅惹（Rojak）、辣死阿媽（椰漿飯Nasi Lemak）、大炒、烤蒲魚（又稱魔鬼魚）、馬來炒麵（Mee Goreng）、肉骨茶（喜歡新加坡松發的，不放藥材）、怡保芽菜雞、沙煲伊府麵、釀豆腐、老鼠粉（即銀針粉）、印度薄餅（Roti Canai）等，全都是我所愛。每次光顧，吃得撐腸拄腹，肚子脹得老高，像十月懷胎，要捧著才能走。

傑飛老師是馬來西亞檳城人，每隔個三天兩日，就會將一些美食照片和視頻發過來。使我日夜求之，寤寐思之。將他的快樂建築在我的痛苦之上，用意很明白，就是想我去檳城探望他。他的太太雪莉也是一個吃貨，一直期待著我去分享她的家鄉美食。每次從馬來西亞到東莞來探望我，大包小包帶滿食物，在他們心目中我是一個好事頭（即Boss），在我心中，他們重情重義，是難得的朋友。傑飛介紹在檳城僑治城暹邏路（George Town Siam Road）的陳伯（Uncle Tan），二十多歲就開始賣炒貴刁，炒了五十多年，可稱為貴刁王。揾食（即覓食）嘛，七條路巴剎（Cecil Street market）也是不可不去的地方。

想起馬來西亞的美食，我的頭腦已向胃徹底投降。明知山有虎，偏向虎山行。此行不遠矣。

懷念

愛的教育

我很幸運，出生在戰後的香港。逃過了殘酷的戰火，也見證了香港如何從一個天然資源匱乏的小地方，發展成為世界金融中心與國際大都會。在我成長的那個年代，大家都很窮，不過窮的日子卻特別能增進人與人之間的感情。街坊鄰里互相照應，大家都向著同一個目標，為將來的美好生活奮鬥。當年的電視劇《獅子山下》就如實地反映出香港人胼手胝足、實事求是、努力不懈的精神。

宗教團體，尤其是天主教教會，在扶貧濟困方面作出了不少貢獻。我的小學是屬於天主教會辦的，每天都在校門出口處放置一個盛滿麵包的大木箱，有需要的同學可以拿一個麵包回家，麵包很大，分量足夠兩三個小孩的一頓早餐。但學生都誠實，從不多拿。有一個同學家裏窮得只能吃上早晚兩餐。我們一有點零錢，就會接濟他一下。這大概出於人與人互相關愛的本能吧。

教會學校的校長是修女，老師大多數是教徒。女老師穿著粉藍色旗袍樣式的長衫，因為是修女管理的學校，所以男老師不多，印象中只有教數學和體育的兩位男老師，平日打領帶穿白色襯衣、黑西褲和皮鞋。體育老師上課當然是穿球鞋的，那時候還沒有耐克、李寧、阿迪達斯，中國製造的「回力」白色帆布鞋就是名牌了。

曾經教過我的小學老師中有幾位印象很深刻。李老師是訓導主任，每天晨會帶領我們祈禱念誦天主經和聖母經。她樣子非常嚴肅，內心卻很仁慈。老師認為誦經是一種儀式，學生們不求甚解，經文念了五、六年，雖然到現在還隱約記得那些字句，但從沒深入理解，真是知其言而不知其所以言。

曾老師是我的班主任。我讀小六時，期終考試考了第四名，而大家都認為第一名的同學不可能得到這樣高分，全班要求老師重新審查考卷。小學生公然反抗老師，在那保守的年代可是大事啊！不過曾老師從善如流，結果真的發現記分錯誤。我也從而晉身三甲，獲得獎勵證書。讀中學時我們一班同學還時常到曾老師家裏作客，聽說曾老師退休後就移民海外了。

教中文的伍老師特別寵我，送了我一本集郵本，於是我就有了集郵的興趣。到現在我已經擁有三大本集郵本，其中不乏珍貴的絕版郵票。在研究每張郵票背後的故事時，懂得了各國的歷史和人物，以及發生過的一些值得紀念的事件。伍老師的饋贈對我有極深的影響，她對我的重視和期許讓我明白到老師對學生的愛心有著綿長而正面的作用。她在課堂上教過我甚麼，都已經記不清了。但從伍老師身上，我學會了以愛作為教育的基石。

王老師教數學，我與阿和是班上的數學尖子，所以上王老師的課特別用心。當年他教了我們很多速演算法，我的心算速度快，到如今很多人都還及不上哩！王老師說英皇中學是官辦名校，數學科特別出色。我們想也不想就報考了這所中學，幸運地都考上了，於是開啟了每天早上六時出門乘坐小輪從荃灣到港島的中學生涯。我移民澳洲後常常應邀上電臺做廣播節目。有一天電臺轉來了一條訊息說有一位老先生想與我聯繫，說我可能是他小學時的學生。原來王老師隨女兒移民來到西澳已經多年了。人生本就充滿了意料之外的驚喜。與王老師重逢後，每年我都邀請他和師母來我家小住，閒來無事就與我父母湊對打麻將。直至他去世的前一年，因為行動不便才停止。老師已成為我的親人，能為老師、師母盡一點孝心，便覺得人生的遺憾會少一點。

教會學校的校規嚴謹，小休時男生在地下運動場玩耍，女生則在一樓的空地休憩，互不混雜。男生捉弄女同學的事情常有發生，學校認為男女生隔著坐會減少上課時的紀律問題。不過小孩子貪玩，坐在我前面的阿好留著兩條長馬尾，有時上課無聊我就偷偷往她的馬尾上掛些小紙條、牙籤等零碎物件。阿好向女班長告狀，女班長找男班長問責，男班長阿和是與我共同進退的哥們兒，每次都不了了之。要是萬一投訴到老師那裏，當然免不了一頓責罰。大多數時候同學之間也不會較真，極少為這些惡作劇而讓小夥伴被老師責罵。長大後我們常常提起當年的趣事，一點也不以為忤。

男生沒有甚麼玩具，下課後就是打乒乓球、踢足球。學校的乒乓球桌不多，於是就出現了男生聯幫結派搶佔球桌的情況。我和家驅熱愛打球，理所當然成為其中一派的小頭目。不過這些小幫派很快就被老師查獲了。這次情況嚴重，罰站、抄書和留堂似乎都不足以警戒，我被叫到了校長室。往常我也算得上是個乖乖的好學生，這是第一次被校長修女板著臉向我訓話，然後戒尺打手心。她輕輕地打了我幾下，根本不痛，卻更讓我難過。我的淚水忍不住流下來。孩子的歉疚和慚愧，往往不源於粗惡的體罰，而源於懲戒者內心對待我們的溫情。

其實小學生活多數時間並不愉快，我們為了更好的前途，都扛著巨大的讀書壓力。老師和父母對我們的要求很嚴格，期望也甚高。當時期盼快些長大，渴望著讀中學後擁有更廣闊的自由。等到真的畢業了，竟然依依不捨，懷念起表面嚴苛，而心裏一直關懷愛護我們的老師。

回想我的整個學習過程，大學老師引導我認識「人生」，中學老師教會了我「方法」，小學老師卻讓我懂得了「愛」。我成長的路就是這樣鋪墊出來的。

青澀的印記

香港的夏天又濕又熱，十分難受。下課後我從大學坐巴士趕到市區已經是晚上七時十五分，襯衣裏裏外外都濕透了，顧不得臉頰滴著汗水，一口氣跑上了行人天橋。一面數著，左邊欄杆的第十節扶手，找到了！扶手下面微微隆起的地方是淑萍用膠紙粘好的電影票，南華戲院晚上七點半放映的《劉三姐》前座！三姐和阿牛哥在江上撐著木筏、唱著情歌逃離財主莫老爺魔掌的那一幕太浪漫了，忍不住去多看一遍。那是一九七八年的夏天，我住在遠離鬧市的大學宿舍，不提前預訂電影票又怕現場買不到，就求著淑萍抽空代購。淑萍晚上還有事，靈機一動想到了這麼個交接的方法。

小計謀得逞，我不禁露出沾沾自喜的神色，不過腳步並沒有放慢。趕到戲院入座時，正片剛好開始，又可以再一次陶醉於心中憧憬的愛情之中了。

阿和、阿生、家驅、老馬、阿娟、淑萍和我是小學的同班同學。三個男孩子都住同一個廉租屋邨，讀小學時，放學後經常一起走路回家。路上要經過一個公園，公園門外有賣小吃的手推車攤檔。臭豆腐、煎餅、車仔麵、滷味——夏天還有紅豆冰和涼粉水。買一串用大量麵粉做成的「魚蛋」與大家分享，五分錢可以買五粒，一毫子（一毛錢）買十二粒。我們零用錢不多，只買得起麵粉魚蛋，雖然每次一人只分得小小一顆，吃起來卻特別美味。大家商議好輪流請客，有一晚輪到阿生，他口袋空空的，所以一放學就打算甩掉我們趕緊獨個兒回家，匆忙橫穿馬路時不小心給汽車撞倒了，那個晚上我們內心都很自責不安。阿生終於康復出院，而我們放學後的零食時刻也就這樣終結了。阿生在中學時學業突飛猛進，大學讀的是工程，及後任職政府高層，我們時常在電視上見到他接受訪問。現在的他已有足夠的財富請我們吃真正的魚蛋或任何珍饈，但我們眷戀的仍是昔日麵粉魚蛋中品嘗到的純真友情，和那種清苦生活的回甘。

家驅和我最喜歡打乒乓球，他發的下旋球我始終沒法破解。讀中學時，家驅已是一名運動健將，游泳、自行車、打球，樣樣皆能，件件皆精。健康的體魄加上聰明的頭腦助他輕而易舉成為優等生，後來考進大學醫學院，畢業後成了濟世為懷的大國手。

差點忘了大頭明，乒乓球算他打得最好。大學畢業後下海從商，我在香港工作時介紹了一單生意給他，連累他幾乎血本無歸。還好大頭明長袖善舞，沒過幾年又是一條好漢。

阿和與我親如兄弟，無事不談。從相識時的懵懂到如今年過耳順，我們維繫著一份純厚的情誼。中學畢業後，阿和負笈海外。到他學成回港，又輪到我去澳洲進修。我們分隔了一段漫長的歲月。不過人的離合確實難以預計，再相見時我倆竟然是在東莞。阿和已成為香港公司駐國內的工程師，而我更在東莞辦起教育。我們這份曾經一度失落的友誼又得以延續。我與阿和、阿生和家驅的故事太長了，留待有機會再細說吧。

小學畢業後同學們的友誼一直延續下來，週末或假期我們幾人都會相約去郊外野營和遠足。長洲、大嶼山、大埔、西貢的海邊、山澗、水庫是我們流連忘返的地方。生日時送點小禮物，還互相通信，分享生活中的點點滴滴苦與樂。人長大成熟了，才真正開始認識對方，和老馬、阿娟、淑萍稔熟，也是從這時開始。

香港是一個中西文化匯粹的城市。當電視還未流行時，聽電臺廣播和看電影就是大眾主要的娛樂。祖母收聽的是粵曲頻道，從小我就懂得哼唱白駒榮的南音《客途秋恨》和新馬師曾的《胡不歸》。叔叔愛聽的卻是臺灣姚蘇蓉的《今天不回家》和周璇的《夜上海》。我們小輩喜歡歐西歌曲，彼得、保羅和瑪莉（Peter, Paul and Mary），四兄弟（Brothers Four），娜娜（Nana Mouskouri），貓王（Elvis Presley），披頭四樂隊（Beatles）和後期的比知樂隊（Bee Gees）都是我們崇尚的樂隊歌手。那個年代剛迎來第一波愛國潮，香港的大街小巷每天都播放著《我的祖國》、《南泥灣》、《草原上升起不落的太陽》、《三套車》等歌曲，我們唱得琅琅上口。阿娟最喜歡《唱得幸福樂滿坡》，老馬教我的《蘋果園》到現在我還能一字不漏的唱出來。受到「愛祖國，用國貨」的口號感染，我們也常常去逛中聯國貨公司，當然僅限於逛而已，根本買不起。

夥伴們都是影迷，麗宮戲院的票價最便宜，但我們最常光顧的是普慶和南華戲院。票價分前座、中座、後座和超等。超等就是樓座，當年的電影院設計像舞臺，有上面的一層，居高臨下，是ＶＩＰ席。我們總挑最便宜的三元前座票，過年收到紅包就奢侈一回買四元的中座。一起看過的電影，記得有《上甘嶺戰役》、《劉三姐》、《甲午風雲》、《巴比龍 Papillon》、《齊瓦哥醫生 Doctor Zivago》、《賓虛Ben Hur》、《亂世佳人Gone with the Wind》、《西線無戰事All Quiet on the Western Front》等名片。多年後收入豐裕了，我在家裏建了個小影院，至今有一個夢想是能夠與兒時同伴一起重溫這些經典電影。

我們幾個之中阿娟是很感性的人，單純、可愛、浪漫而又率性。她迷上了《齊瓦哥醫生》，一天之內連續看了兩場，這可是三小時長的一部電影啊。有一次逛街，看見冷飲店售賣白色的椰汁、黃色的檸檬茶、綠色的薄荷冰，阿娟嚷著要我們每人買一款不同顏色的交換著來喝。又有一次晚上經過一處吊祭的地方，場面恐怖又神祕，她怕得像個小孩子一樣拉著我的手，把頭躲在我背後。我第一次體會到作為男孩子保護女孩的英雄感。其實當時我也很怕，但還得硬充好漢。阿娟嗜睡，一起去玩時，午飯後她一定要睡一會，睡著了，叫也叫不醒。我們都喜歡看臺灣作家三毛的書，特別是阿娟。她說要去加拿大讀書，又要去法國流浪。多年後阿娟的確踏上了法國這塊浪漫的土地。我在想，今天她會否還浪跡在天涯的某一處，或者已經找到了人生的歸宿？

老馬陽光、積極、做事很有計劃，又樂於助人，她總有辦法鼓勵你進取，去改善自己的缺點，就像《娃娃看天下》裏的瑪法達。老馬說我寫的字很醜，淑萍、阿娟同阿和就一起附和。我從而有很長一段時間都在觀察別人寫字的技巧，雖然直到現在我的字還是寫不好，但總也算有自己的風格了。一九七七年我們首次中國之旅，經湖南去江蘇。長沙是個有名的火爐，天氣熱得人也要溶化了，於是大夥決定去湘江的支流乘涼和游泳。當地的小孩從十米高的橋上跳入江裏，玩得不亦樂乎。同行的家驅也一躍而下，浮沉於藍天碧水間。我當時在眾人中泳技算最好，卻畏高，不敢嘗試。老馬花了三十多分鐘耐心勸我克服心中的恐懼。當我終於跳進湘江水時，橋上的人都鼓掌歡呼起來。掌聲其實是屬於老馬的。一個人對未知的恐懼，對挑戰的躑躅都是正常反應，但能在軟弱和疑惑的時候，有朋友在身邊給你鼓勵和支持，是人生中的幸事。

夥伴裏面跟我特別投契的，除了阿和，就得數淑萍了。淑萍喜歡思考，在性格和興趣上與我有許多相似的地方。我倆可以一整個下午坐在公園的長椅上，學著用樹葉吹奏音樂，也不知毀了多少片葉子才勉強吹出一些簡單的音調；但這已足夠讓我和她興奮好一陣子了。她介紹我看王尚義的書，這位年輕的臺灣作家才華橫溢，窮困的他拖著病軀完成了臺大的醫科課程，可惜沒當幾天醫生就病逝了，他悲觀灰色的風格曾經影響過我很長的一段日子。我和淑萍經常討論一些沒有答案的問題，生存的意義是甚麼？男女之間能否存在友誼？人死後還有靈魂嗎？到最後淑萍總是說：「不要想太多了，踏踏實實地過生活才最重要。」

淑萍從不發脾氣，我也沒見過她流淚，我想這樣溫柔的女孩沒有人會不喜歡。我們都忘不了她在慶祝二十歲生日時臉上流露出的滿足甜美的笑容。阿和的爸爸是公務員，那天為我們租借了大澳的一幢政府宿舍給淑萍慶生。那是一個美麗的夜晚，月亮、星星和燭光見證著我們純真溫暖的友誼。

淑萍約我與剛認識的一班新朋友去野營，目的地是三椏涌。下了車還要走好長一段路，我們手上提著大包小包吃的、玩的，一直抱怨喊累。路邊遇到一個小孩，他正在垃圾箱裏翻撿遊人丟棄的汽水罐。我與淑萍不期然互相對望，看到對方的眼裏充滿了憐憫和羞愧。到達目的地後，七、八個人一同去趕海。剛巧碰上退潮，四周漆黑寧靜，手裏的汽油燈把我們的影子拉長投射到山邊，刻畫出一幅充滿詩意的漁人夜捕圖。淑萍和我被自己創造的畫面感動了，手舞足蹈地跳起來，這景象畢生難忘。撒下漁網之後，我們就去山澗捉小蝦。累了，躺在大石上望著無垠的星空，分享對未來的憧憬。那樣充沛澎湃的青春啊，彷彿可以不睡覺，整晚整晚地聊天。淑萍說她希望將來當社工，扶助社會上無助和失落的一群。那個晚上淑萍還說了很多話，她告訴我，她覺得人生越來越美好，她說她可能已經在戀愛了。記得我應該在朦朧睡意中送上了我的祝福。對吧淑萍，可惜我沒能聽到你的答案了。

每個人都有難以忘懷的成長歷程，有時在雨後的黃昏或者星光燦爛的夜晚，微醺中靜靜地回想已逐漸退色的往事，和曾經一起走過青蔥歲月的他們。

談談死亡

我喜歡陽光燦爛的日子。下雨天還好，總可以躲在家，營造幾分「聽雨僧廬下」的情致。最令人懊惱消極的是昏沉壓抑的陰天，每到這種天氣，我對人生的熱情就會降到冰點，被一種濃濃的悲哀籠罩。這種日子也常令我想起死亡。

第一次接觸死亡是外祖母因病去世的時候，那時我還未上學。當年的社會流行很傳統的鬼神文化。靈堂的四壁是冰冷的黑麻石，中間擺放靈柩，外祖母孤零零的躺在棺木裏面。靈堂上燃著忽明忽暗的白蠟燭，我心裏充滿驚惶和恐懼。

第二次接觸死亡發生在我讀小學時，住在同一層樓鄰居的女兒，因為先天性心臟病年紀很小就走了。鄰居請了道士在家誦經超度，還在門外張貼了一張像是符咒的黃紙，提醒某些年份出生的人士需在回魂夜暫避。人死後會回魂的說法嚇得我們三姐弟晚上用棉被蓋過了頭，全神貫注聽著門外的任何聲響，一動不敢動，徹夜睡不安穩。因為這些經歷，年少時對死亡的印象是神祕和驚恐的。

我讀中學的時候，表姐夫因患病厭世自殺。表姐是個堅強而倔犟的女子，愛人突如其來的死和夫家的無端責難，說不清哪個帶給她更錐心的痛苦。我的中學就在表姐的家附近，高中會考的那年，我在她的家住過一段時間，那時表姐夫已過身。表姐待我如親弟弟一樣，照顧有加。她雖然很疼惜兒子，但管教卻十分嚴厲。為了避免蜚短流長，幾年後表姐毅然帶著兒子移居新加坡。我的這個外甥聰明可愛，十分優秀，後來返回香港工作，成家立室，拿了博士學位，在大學任教。即使如此，表姐也極少踏足香港這塊傷心地。我對表姐十分敬重，雖然她的思想比較傳統和保守，但和我極之投緣。

舅父舅母一家是我們在香港關係最深的親人，每年暑假我都會去他們家「渡假」。七位表兄姐中，六表哥對我影響很大。我喜歡踢足球，聽當年的流行音樂，也是從六表哥身上學來的。四表姐人長得最漂亮，或許上天嫉妒她的美麗吧，婚姻的幸福沒多久就隨著表姐夫的意外身亡而消失了。兩位表姐夫的亡故，讓我感歎唏噓，惋惜的是留下的孤兒寡婦，孤單無助地面對茫茫前路。死亡帶給我的不再是恐懼，更多的是對命運不公的憤怒、怨懟。幸福可以在下一秒失去，人生變得虛幻不可把握，生存又有甚麼意義呢？佛家說愛別離苦，我想捨不得也是苦。希望表姐都能找到心靈上的歸宿吧。

終於迎來了我的大學時代，那時的大學生喜歡唱披頭四的歌曲，談論的是沙特的存在主義，海德格的現象論，身上穿著印有徹•古華拉肖像的T恤，過著貌似頹廢卻又浪漫的生活，自由的徜徉在知識的海洋中，貪婪的吸取著一切新鮮事物。這段時光是我人生中最美好愉悅的，我把握著每刻去享受、去實踐當時認為的生存意義，翹課去打球，參加各種學生活動，既不忘關心社會、認識祖國，更積極地玩耍、交朋友和吹牛皮。生死命題困擾不了一顆年輕又熱切的心。

死亡再一次進入我生命中是祖母離世的時候。祖母很疼愛我們姐弟，小時候為我們搔癢抓背，好讓我們安然入睡。媽媽忙著趕零工時，做飯的責任就落在祖母身上。她的離去讓我感懷了好一陣子，然後慢慢地存放在了腦海深處的一角。反而是父親因為祖母逝世的悲哀情狀，卻長久地縈繞在我心中。四年前父親也和我永別了，我終於深刻體會到當年他的傷痛。

我有四個最要好的小學同窗——阿和、淑萍、老馬和阿娟。阿和家裏在長洲小島上有一棟房子，我們五人週末或放假時都會去那裏讀書遊玩。長大後各奔前程，老馬定居澳洲，阿娟浪跡天涯，阿和留學後回國內工作，唯有淑萍一直未離開過香港。我與淑萍經常見面，記得中國電影當年開始在香港上映，《劉三姐》很受歡迎，一票難求。淑萍的家就在戲院附近，我請她為我排隊購票，然後約定將電影票藏在行人天橋的扶手某處。我在天橋找到電影票後開心得掩不住臉上的興奮和喜悅，此後我和淑萍還常常在同學朋友間炫耀這個「小祕密」。

淑萍很早就和阿澤結婚了，婚後有一個美滿的家庭，阿澤很寵她。我因為讀書和事業要離開香港，和淑萍漸漸少聯絡了。

多年後突然接到阿澤的電話說淑萍病逝，當時心頭的震撼實在難以名狀。她的骨灰存放在一間道觀中，想不到我們重逢時已天人永隔。淑萍的死令我有一種強烈的無力感。人生成敗無論極盡絢爛，最後剩下的不過是一坯黃土。每個人鄭而重之的生活、情感和回憶，在天道面前卻渺如塵埃。還能不屈服、不向命運低頭嗎？淑萍，在那靜謐的星夜，妳是否沒有聽到年少的我對妳許下美滿人生的祝願？借酒澆愁，以淚解憂亦只徒增悲愴。或者保持一顆平常心吧，順應自然，讓自己恬淡存於紅塵人世，相忘於江湖，才可稍解困擾，換取片刻的逍遙？

然而世界上最不會疲憊的是時間，殘忍冷漠得不為任何人停步。當鬢髮開始如落葉離開樹木般向我道別，死亡這回事卻始終不離不棄。

移民澳洲後，深為當地人隨和的性格及樂意助人的文化所打動。我很幸運，遇到的同事都給了我很大的幫助。在州政府工作期間，我主管國際教育，Sue 負責宣傳和推廣。她的支持讓我迅速地鞏固了這個新成立的部門。Sue 樂觀親和，有著顯赫的家族背景。通過她，我加深了對澳洲政治和社交禮儀的認識。兩個不同文化和語言背景的人合作無間，羡煞旁人。Sue 沒來上班有好幾天了，在我還沒來得及探問她時，她病逝的消息就公佈了。我們並肩作戰了好幾年，這個突然的噩耗讓人很難接受。不過下面宗立和雯佳的故事就更令人唏噓了。

宗立是我在港工作時認識的好友，他和太太雯佳為家人規劃了一幅美好的生活前景，毅然踏上移民澳洲之旅。抵埗後就在我的舊房子暫住。夫婦倆和孩子們逐漸適應了這個新國度的生活和學習，雯佳有一天下午卻在回家的路上被一輛失控的汽車撞倒，兀然結束了三十六年短暫的生命，遺下宗立和兩個幼子茫然失所。

面對死亡，我也算經驗豐富了，但這樣近距離感受好友一家的亡妻喪母之痛，依然沉重得令人喘息艱難。逝者已矣，在世的人又該如何過下去呢？死者有知的話，雯佳最記掛的肯定是她的家人。試以另一個角度去看待，如果我能夠盡自己的力量讓宗立和兩個小孩重新站起來，這樣面對雯佳的死或許才有意義。悲劇發生後，我在報刊發表文章，希望引起更多人的關注。社區刊物《同路人》的主編周偉文是古道熱腸之人，憑藉著他的資源和推動，我們聚集了一班熱心的朋友，協助宗立調查事故的起因，追討責任和賠償。更希望友情的溫煦可以減輕他和孩子們的苦楚。孔子說「未知生，焉知死」，我們沒有可能瞭解死亡，那就先好好地學習怎樣生活吧。

稀薄的頭髮漸成灰白，與我情同手足的阿和，頭頂也牛山濯濯了。想要多攫住些相聚的溫馨，我們每年都組織雙方的父母同遊中國，這個「耆英四人組」享受了兒女們的承歡膝下，但終於無可避免最後一次的離別。歲月第一個帶走的是阿和的爸爸。隨後幾年中，我父親和母親也相繼離開了。許多歡笑的時光隨他們而去，留下的是不可磨滅的蒼涼和憶記。

我和姊姊、弟弟三人自小感情就好。雖然我跟弟弟常欺負姊姊，但就像一窩子長大的小狗崽，總記得幼時互相廝磨的溫暖。自從大學畢業後，幾十年間我們為各自的家庭和生計忙碌，見面的機會越來越少。直到籌辦母親的葬禮時，三姊弟終於又日日夜夜在一起了。父母的離去促成了我們姊弟對彼此的珍視。我和姊姊開始相約每週去散步。弟弟遠在香港，但也定期網上聚會，閒話家常，懷念一下成長時的故事，分享對未來生活的安排，重拾久違了的血脈之情。死亡現在帶給我最深刻的感悟就是「珍惜眼前人」吧！

陰天過去了，來臨的還是一個陽光燦爛的日子。

若你是他／她

時間像一條恒久的洪流，沒有人知道它的起點，也無法陪著它走到結尾。而它卻承載著無數的人生和故事。無涯時空中，屬於我們的那一部分是如此的短暫，從而也讓生命充滿了感歎、惋惜和唏噓。時間是我們的主人，我們控制不了，但我們卻擁有時間不可主宰的另一種永恆——感情。如果說時間代表流動著的永恆，那麼，世間之情就是永恆在靜止狀態時的一種存在了。無論是愛情、親情，或者友情，只要曾經在我們生命中出現過，它就會超越時空，瞬間永恆！

她能詩善文，他往返賦詠，他們是同命鳥，是情深的鶼鰈。

她說：憂傷讓眉睫不能舒展，我的容顏顯得更憔悴了；他說：我眼內映著你那烏黑光亮的鬢髮，還有最深處的憐愛。她說：在這人世間，總有離散之時，我們許諾，分開只是暫別；他說：約定了，不管是哪年，在春天時分吧，我們再相見！[2]

[2] 筆者才疏，此處並非原詩句之譯解，純屬聯想。原詩名為《別水仙》，我猜想是二人看著凋零將死的水仙花互聯詩句取樂，筆者借之喻兩人生死相約之情。當時他倆是否以花喻己呢，不可而知矣。原詩如下：

結縭四十載時，他寫了一首詩，願來生仍為夫婦。

卌年香茜夢猶存，偕老渾忘歲月奔。雙燭高燒花欲笑，小窗低語酒餘溫。

紅妝縱換孤山面，翠袖終留倩女魂。珍惜玳梁桑海影，他生重認舊巢痕。

他對女兒們說：「媽媽是主心骨，沒有她就沒有這個家，沒有她就沒有我們，所以我們大家要好好保護媽媽。」

若你是她，幸福嗎？

他是個學者，在流離的歲月中隨著學校而遷徙，一生貢獻於學問的傳授和追求。四十九歲右眼失明，五十六歲雙眼全瞎，七十二歲骨折臏足，長臥病榻。

除了照顧他的生活起居外，她還協助他備課、查找文獻、搜集資料、編寫講義、誦讀材料、撰寫新篇、筆錄文字。她抱著孱弱的病軀，沒有叫過一天苦，支持著他前行。他，就是她生活唯一目的。

他死了，她的任務也結束了，安排好一切，簡單地交代好後事，四十五天後追隨情深意篤的伴侶相聚於九泉之下。是十一月的寒冬，等不到約定的春天了，沒有他的日子，她不想過。

她對女兒們說：「爹爹的學問造詣非比一般，應讓他寫出保存下來。」

你若是他，羨慕嗎？

玉容憔悴淺顰眉（唐），脈脈相香緣鬢垂（陳）。

暫別人間留後約（唐），未妨重見一春遲（陳）。

她的名字叫唐篔。沒有她也就不會有他。他，是文化巨匠、學界泰斗，一生堅持以「獨立之精神，自由之思想」為治學理念，被譽為史學界「三百年來僅此一人」的陳寅恪。

在淪陷時期的香港，友人陳樂素冒著生命危險，喬裝繞路為陳氏一家送上白米，此為朋友之義；十年浩劫期間，學生劉節自願代替老師捱批捱鬥，高風亮節。此為師徒之情。

不管時間有多長，人生有多短，人類的感情總能以不同的形式輪回再生，存在於不盡無垠之中。

在外敵入侵、戰禍連年、中華民族花果飄零的歲月幸保殘生；卻竟在勝利和平後，受盡肉體摧殘、精神折磨。一九六九年，陳寅恪和唐篔在淒風苦雨中，溘然長逝。

我若是他們，欲語已無言，欲哭也無淚。走進了他們的時空，今晚又會是無眠的一夜。

愛的詮釋

愛情故事，無論結局如何，總是動人的。但在愛情路上，卻總免不了跌宕起伏，崎嶇迂回。下面是一個平凡而又真實的故事，同樣的故事，也不停地發生在我們身上。

愛與情

他說：妳年輕、美貌、純潔、善良、儉樸、隨和。妳像極了我心中初戀的女主角。我對藝術和愛情是任性的，第一次接觸到圖畫和雕塑，就讓我放棄了能帶給我穩定前途的專業，一頭栽進藝海。而第一次見妳亦令我傾心。我著迷於一見鍾情，我認定了，妳就是我的終身伴侶。

她說：你事業心強、刻苦努力、有藝術才華。他們都說學藝術的一定會很窮，但這些對我並不重要，你的熱情和真誠深深地打動了我，我被你像火一樣的心攫住了。我願意和你踏踏實實、平平凡凡地過這一生。

金鐲子

他說：全國只有兩個繪畫的公費留學名額，我考中了。我野心勃勃，巴黎將帶我踏上藝術家創作的道路。妳把母親送的金手鐲賣了，為我換來一塊手錶，臨行前為我趕織了一件毛衣。溫暖不只在身上，也在心裏。

她說：我懷孕了，真不想你出國留學。我將母親留給我作紀念的金手鐲變賣，為了你，我寂寞地、默默地忍受著別離。四十年後，你特意買回接近原樣的金手鐲和漂亮的毛線。我給小孩織了兩件毛衣。而金手鐲的價值不在金錢上，它承載的是母親的思念和夫妻的情義，我把它收好了。

自私的心

他說：三年後我從馬賽乘船返航。開始在美院任教，我遭到壓制、批判和排擠。但我不服氣，我堅持我的藝術抱負。雖然畫作無從發表，但我還是不停地畫，甚至于廢寢忘餐。有限的工資也花在作畫的材料上。放假我就到遠地去寫生，像一個貪婪任性的小孩，不顧一切地追逐著心中的夢想，鑽研自己的藝術。對家庭應有的責任和對愛情的付出，都已拋諸腦後。我承認我很自私，我心中亦充滿內疚和痛苦，卻又不能自拔。

她說：終於盼到你回國，以為孤單艱苦的日子要過去了。我白天在學校裏忙，晚上做完家務還要批改學生的作業。剛好又懷上了第二個孩子，身體不適難受。我多盼望你能在床前守著痛楚中的我，但你只管作畫。圓了你的留學夢，你又向另一個更大的夢想前進。為甚麼就不能停下來踏實過日子，好好地生活，關愛你身邊一直支持著你的妻子和家人呢？這樣的日子何時方了？我感到莫大的委屈和苦惱。我發誓，不管你有多大本領，下輩子再也不嫁你了。

同路人

他說：我和妳的隔閡不斷地擴大，不過上天總有安排。妳被調到美術學院去做資料工作。妳從來不關心藝術，更不要說欣賞我的創作了。但現在的工作卻需要與美術作品朝夕相對，而我就理所當然地成為妳的老師。我的學生從來都很聽話，只有妳是個例外。這跟古人「易子而教」是同一道理吧。妳學習是認真的，隨著年月積累，妳開始對美有認識了，亦更能瞭解我為藝術而承受著的痛苦和掙扎。後來，妳不但成為我作品的第一個讀者，而我亦慢慢地倚賴起妳對我作品的評論。很多次，我不能不佩服妳的看法比我的主觀感覺更正確。

她說：我是一個注重實際的人，每天為生活而忙碌，家庭總得有一個人去維持吧。我一直不解你為甚麼這樣醉心於繪畫，很多時我會為此而惱怒，甚至開始覺得厭煩。不過人生的變化是我所不能預計的。工作的調動竟然讓我與美術結緣。為了儘快熟悉我的工作，我不得不求助於你。老實說，我有時並不同意你的說法，覺得太過主觀。也許就算心中信服了，卻因為你盛氣淩人的態度而不以為然。其實你要是能溫柔細膩一點，就會與其他朋友一樣，欣賞到我耐心、認真和謙虛的個性了。不過這段時間也是我們關係的轉捩點。我開始感受到你追求藝術的熱誠和所作出的犧牲，亦更能欣賞你在繪畫上的成就和天分了。

相濡以沫

他說：幾十年積下來的畫作一箱箱地堆滿了居室，讓本來已很小的生活空間更為狹隘。妳不單容忍了我的任性，也同情我對藝術的執著。我在江畔作畫，下雨了，妳撐著小雨傘遮住畫面，自己則任憑雨淋。大風來了，畫架支不住，妳用雙手扶住畫面，用身體代替了畫架。凜冽的朔風凍得我們的手都僵硬了。有一次我在陽朔選點寫生，在摸黑歸途中不辨方向，耽擱良久。妳一直站在旅店大門口等著，一見到我，眼淚就奪眶而出。

我知道，妳不要藝術，要人。

她說：你視你的畫作比自己更重要。幾十年不斷地背著油畫箱到深山老林、窮鄉僻壤去寫生，風吹雨打也不管。為爭取那瞬間即逝的景象，不吃不喝，不眠不休。不服老，過分的工作。勸你就是不愛聽，還要生氣急躁。沒法子，就陪著你去畫吧，多少總有個人照應。

你年紀大了，身體越來越差，我每天都拉你下樓散步、鍛鍊，希望你活到一百歲。你說你來日無多，要加緊工作，不能創作長命百歲又如何呢！

我明白，你連自己都不要，只要藝術。

我要的是你

他說：我在巫峽寫生，沿江的一條羊腸小徑，峭壁千仞十分驚險，但卻是一個難得的景點。我作畫，妳去蹓躂。過了許久未回，我急了，丟開畫具，一路高聲呼喚，我哭了。猛然發覺妳已遠遠重於藝術，我只要妳！

文革的歲月不堪回首，我患了嚴重的肝炎，瀕臨死亡邊緣。革誰的命對我也無所謂了。我通宵失眠，妳總用手摸我的頭，說妳這一摸，我就一定能睡得著。

妳病倒了，是腦血栓。頭暈不止，說話無力，發音含糊。妳坐不住，我用胸頂著妳的背，讓妳進食，但吃不了幾口就滿頭大汗，甚至嘔吐。看著妳痛苦的模樣，我伸手撫摸妳的額頭想緩解妳的苦難，就像當年妳對我一樣。妳還這麼年輕，不能就此離我而去呀！

病情幸運地好轉了一點，終於可以出院回家了。不過病魔並沒有放過妳，情況越來越差，醫生診斷是腦萎縮。我雖然病痛纏身，但我要為妳活著，妳現在成了我的嬰兒，我寸步不離的陪伴著妳，願意犧牲一切來維護妳，依戀妳。

我和妳無論失了誰，都失去了所有的路，不管那路是通向榮耀或淡泊。

她說：我有很多話想跟你說，不過只能通過心聲來傳達了。我忘記了有幾個兒子，但我知道只有一個你。本來每晚我們是各吃一盒優酪乳的，昨晚只剩一盒了，你讓我吃。我找來小匙，像喂小孩一樣喂你吃。我不是一直這樣照顧伺候你的嘛。

我翻開報刊畫頁看，沒找到你的作品。你拍著我的背說：不看了，早些睡覺吧。我很聽話，讓你牽著手走進臥室。你帶我重訪舊居，我不想進去，就讓甜蜜的回憶留在這住了二十年的老窩吧。

你因事外出，我伏在臥室陽臺的窗戶上等著你歸來。你偶爾拉著我的手，似乎想問我甚麼時候該結束我們病痛的殘年。我縮回手，因為不想回答。

有一天，我起床時發覺你不在。我每天都問，吳先生回來了沒有。問了三百多遍，我不再問了。在醫院時你說過，如果我早你離去，是我的福氣。

那為甚麼不把福氣留給我呢？

＊＊＊

他為藝術奉獻了一切。她為丈夫奉獻了一生。

他是「心沉藝海」的傑出畫家，優秀的散文家——吳冠中（一九一九至二〇一〇）。她是讓他得以用藝術感動人心的背後的女人——朱碧琴（一九二五至二〇一一）。

愛的疑惑

下面的故事你可能感覺有點熟悉，好像曾經有過這麼一回事，但又想不起在哪里看到或者聽來。反正是故事，真假虛實，就留待讀者自己去臆猜和判斷了。

淩華出生在深圳，就讀於一所重點中學，是校內的高材生，英語更是她的強項。家庭環境不錯，中學剛完成就負笈加拿大。大學讀的是會計，畢業後很快取得會計師的專業資格，並且找到一份很好的工作，人就在加拿大定居下來。淩華雖然算不上是個大美人，但一頭及肩長髮，苗條的身材，晶瑩的雙眸透著純真與聰慧，喜愛文學和藝術，這樣一個有氣質的女孩子，當然不乏追求者。不過緣分這回事，你我都沒法說得准。

淩華在加拿大的工作一帆風順，又懂得投資，十多年下來也積聚了一筆小小的財富，可惜愛神之箭還是沒有命中。父母雖然也隨女兒移民加拿大，但過不了幾年就又回到國內生活了。淩華一個人在加拿大孤單無依，眼看祖國的形勢一片大好，社會繁榮，生活也比加拿大多姿多彩，千禧年來了，淩華斷然作出回國發展的決定。

和朋友、舊同學聚會，其他人談的都是養兒育女或購房置業的話題。在感情上她還是空白一片，就全身心投入事業的發展吧。淩華做決定永遠都是當機立斷，清爽明快的。認定了房地產是一門極有前途的生意，就毅然投入了她所有的積蓄，破釜沉舟，不勝無歸。

月老雖然仍未來訪，幸運之神卻又從沒離開過淩華。投資的回報就像滾雪球一樣，越來越大。自從成立了自己的公司，工作就變成淩華生活的全部了。

林偉三年前加入了淩華的公司，樣子雖然很普通，又沒有顯赫的學歷，但他頭腦靈活，溝通能力特別強，能言善道，又懂得客戶的心理，所以連續兩年成為公司的銷售冠軍。公司年底開總結大會，除了回顧當年業績外，更重要的是討論以後的投資方向和策略。林偉提出，要得到更大的發展，公司應該進軍房地產開發。房地產買賣與房地產開發是截然不同的兩個領域，投資與風險也不在同一個層次。

淩華對這個提議很感興趣，對於新挑戰躍躍欲試。細心推敲後覺得與其單單做房地產開發，不如結合教育事業來得有成效，以校帶房，既能賺錢，又對社會有貢獻。於是一有空閒就和林偉反復研究，實地勘察，找尋土地資源，制定開發方案。兩個抱著相同目標的人攜手同行，在晴雨之際、山水之間，沐浴在朝陽和晚霞的溫熱之中。這段耳鬢消磨的日子，愛情靜靜播下種子，漸漸在淩華的心底裏發芽生長。

距離鬧市數十公里的一個城區，離開高速公路不遠處有一片土地，地的後方是一群綿延的山丘。太陽正慢慢自山後退隱沉落，夕陽照著淩華和林偉，兩張興奮無比的臉變得更紅了。

「這裏是學校正門，前面這塊地是廣場，正前方是行政大樓兼演講廳，左手邊建圖書館，右邊是教學樓，運動場在東北角，宿舍建在山坡上。」
「我要在西南面遠一點處挖個人工湖，湖邊建一棟小別墅，給董事長和他的夫人住。要有個湖心亭，黃昏時可以看夕陽，晚上可以數星星。」
「我們的學校叫甚麼名字好呢？」
「用你我的名字！」
「好呀，華偉學院。」
「不，是偉華學院，你的名字在前，我的在後，就像我將來的姓。」
從純真的小女孩，到專業人士，再轉身成為一個成功的商人。這都是旁人能看到表面的變化，淩華對愛情的嚮往和追求在心裏，從開始到現在，其實從沒變過。一如既往，她每次的決定，都是全情投入的，這次就更澈底了，傾盡的不單是金錢，而是她所有的一切，全部的全部。
我認識淩華和林偉，是二十年前的事了。偉華技術學院尋找外國合作方，國際培訓署派我前往洽談。學校在剛起步階段，人工湖還在挖土。印象中的淩華精明能幹，頗具女強人風範。不過在林偉面前，她會變得溫柔婉約，小鳥依人。秋天的景象蕭殺，清涼的山風吹來，我不期然地打了個寒噤。林偉讓我披上了學校設計的，他的一件牛仔布外衣，臨走時送了給我作為紀念。
合作最終沒有談成，我們也沒有繼續聯絡了。多年後看到一則報導：

林偉巨額逃稅，淩華不惜向稅局人員行賄，以爭取時間代林償還欠款。及後事件遭到舉報，淩華被拘捕判獄。林某則潛逃海外，不知所蹤。

富貴榮華，奉妳為紅顏知己，只願倆雙比翼；大難臨頭，管她是救命恩人，還得各自分飛。人為財死，名和利的誘惑確實很難令人不為所動。對於那些為了追逐名利而不擇手段、違法亂紀的人，我們通常不會寄予寬容和同情，但當名、利牽扯上了愛情，事情就會變得複雜難解。黑白對錯容易斷定，而愛與恨的分界又是否可以如此明晰呢？

筆者的衣櫥裏至今還放著偉華學院送贈的外衣，睹物思人。精明聰敏的淩華，想不到在情網中無法自拔，遭遇實令人惋惜、慨歎。問世間情是何物？它可以令人入迷著魔。對一個淪陷於愛情的人而言，或許愛人的安危遠比道德良心上的審判更重要？淩華獲得愛與被愛的機會，是其幸，亦是其不幸！

後記：

聽說失卻自由的淩華朝晚惦記著愛郎的情況，祈求他平安脫險，形銷骨立。而有關林偉的傳說有兩種，一說他在加拿大刻苦工作，後來不幸因車禍身亡；另一說有人在雲頂賭場見到他，身體發福了不少。

馬來風光

流落巴厘島

請注意標題，是心不甘、情不願的「流落」，而不是瀟灑浪漫的「流浪」呀！

這要從我計畫探望獨居新加坡的表姐說起。表姐與我情同親姐弟，一直打算疫情平靜一點時就去看她，順道探望多年未見曾經為我工作過的馬來西亞老師們。和表姐在電話中談了一個多小時，說的盡是陳年往事，年紀越大，沉湎於回憶和懷念的時間就越多。年邁的表姐身體大不如前了，疫情期間也不敢出門。風險仍在，為她健康著想，我打消了去她家裏相聚的念頭。新加坡另有一位三十多年沒見面的朋友，以及馬來西亞之旅，行程還是要繼續的。

出行前的晚上，我突然接到航空公司通知說墨爾本前往新加坡的航班取消了。整夜輾轉不能入睡，等著早上六時航空公司的資訊服務一上班，就去改行程。幸好確認了隔天可以先飛印尼巴厘島，然後轉機去新加坡。耽誤了一天，預付的酒店費用無法退回，不過後面的行程沒受大影響，心裏還算踏實。

翌日淩晨三點多起床，披星戴月的開車趕往機場。太早了，不想勞煩家人朋友接送，車就寄放在機場的停車場裏。原定八時起飛的航班因機器故障，結果又延誤了兩小時，隨後換了一架較小型的飛機，我的商務艙自動降級成了經濟艙的第一排座位。航空公司答應給我賠償，不過六個多小時的漫長飛行，下機時恐怕都直不起我這老腰了。近年長途航班我儘量選擇商務艙，並沒有炫富的意思（我也沒這個資格），實在是身體受不了。

接下來的連鎖效應估計讀者也能猜到，巴厘的接駁航班已經先我們一步飛走。與我同行的還有七名旅客都需要轉機，航空公司把當天最後一班前往新加坡的最後三個空位給了另外三個乘客，餘下的包括我，都要在巴厘島逗留一晚。不合理啊！我是唯一的商務艙乘客，得不到優先分配，當然提出抗議。地勤人員很為難，每個乘客都有急迫的理由，Renée 當天要從新加坡轉機去泰國，Naylor 先生一家四口特別請假出國旅遊一周，自然不希望行程再被縮短。航班代表解釋說，優先給予空位的三人沒有澳洲護照，辦不了入境印尼的臨時簽證，本來貌似不合理的安排瞬間讓人想通了。大家都平靜地接受了現實，我跟其他人打趣說：「That's life!（生活就是如此）」幾十年的人生經歷，帶給我一些智慧。既然我們已經做了應做和能做的，IQ用完了，餘下是EQ解決的事；如何調整心態，不虛耗情感，過好剩餘的每一分、每一秒才是最重要的。

地勤人員不停的致歉，我安慰她說：「讓你受苦了，不是你的錯。不過這也是前線人員需要承擔的工作壓力，你已表現得很優秀了。」

她感激地回應：「你們有禮貌，講道理又能體諒別人的難處，是你們的配合才能讓我順利完成工作，遇上你們是我的運氣。」

想起往年在國內出行，航班延誤也成常態了，不過乘客的反應往往是爭吵得面紅耳熱，謾罵和索償，有時甚至大打出手。問題出在哪里？我想還是學校教育和社會氛圍吧。

我以前出差來過印尼，沒擦出什麼火花，原因當然是在這個地方既無親朋摯友，又缺乏令我傾心的美食。傍晚時分住進了機場附近的酒店，去大街上逛了一圈就回房休息了。

趁著閒暇寫下這篇日記，又翻看一下思思和小棉有沒有新作發佈。人家都說退休後的日子更忙碌。我現在能證實，說得沒錯！

南洋，美食的序章

巴厘 Denpasar 機場人山人海，海關檢查和出境管理都排了長長的人龍，這裏仍舊沒有商務艙的優先安排。我們雖然早到了三個半小時，見到這陣仗，還是暗地裏心焦。難怪昨天地勤小姐叮囑說去機場宜早不宜遲。緊趕慢趕，在起飛前到達登機閘口，不出所料，我還是被分配了第一排的經濟「商務」座，不過能夠順利登上新加坡的航班，我已心滿意足了。

鄰座是來自巴黎的一對情侶，起飛時依偎在一起睡著了，醒來後，女的為男的揉著被她枕累的胳膊，男的為女的戴上音樂耳機。法國人的浪漫，讓人又羨慕又妒忌。他們在巴厘玩了一周，然後去新加坡兩天就回國了。

「在新加坡住哪里？」

「Marina Bays Sands」

「噢，新加坡最豪華的酒店，三棟大樓頂著一個巨大的天臺花園泳池，像一艘船的那間是吧！超貴的呀！」

「辛苦工作賺了錢，不就是為了好好的享受生活嘛！我們沒有打算要小孩，錢花不完也帶不上天堂啊！」

法國人賺錢是為了自己，享受人生。中國人賺錢是為了下一代，積穀防饑。這顯然是道選擇題，選A沒有錯，選B也對。你說呢？

航班準時在新加坡樟宜機場降落，我們這個「巴厘驚喜一日遊豪華旅行團」的六名團友都笑逐顏開，來一個大合照留念，互換了通訊方式後就各自出發，重新踏上原定的旅途。

我父親常說除了家鄉的風味外，南洋的美食最讓他念念不忘。南洋是東南亞一帶的統稱，包括馬來西亞和新加坡。清朝時期還設有南洋通商大臣，李鴻章、左宗棠、張之洞都曾任此職。

新加坡原是英國的殖民地，後為日本佔領，侵略戰爭完結後，新加坡開始自治，打算依附馬來西亞聯合邦一起成立國家。可惜因為種族和政黨的矛盾，馬來西亞將新加坡逐出聯合邦，新加坡唯有自強自重，終於在一九六五年獨立建國，並於七十年代經濟發展迅猛，躍居亞洲四小龍之首。新加坡百分之七十五為華人，這一段歷史亦反映出海外華人堅毅拼博的精神，繼承著中國傳統文化的精髓和底蘊。

Francis 和他太太 Felicia 老早已在接機大廳等我了。我與 Francis 在澳洲留學時相識，三十多年沒見面，但還是一眼就認出彼此。除了頭髮稀疏了點，人老了一點，友情濃烈不變。雖然已是兩子之父，Francis 瀟灑如昔。我在澳洲住得久了，與故人重聚的興奮讓我不其然的來一個西式的擁抱。而 Francis 則趕忙接過我的行李車，是中國傳統的禮貌，先照顧好客人，不過千萬別誤會是敬老啊！

「趕緊走，你點名要吃的松發肉骨茶太紅火了，晚了等不到位。你明早就飛馬來西亞，停留不到廿四小時，那海南雞飯、咖啡蟹……」

「這次只能算是個美食序章，完結篇就等我回程再品嘗吧！」

開著賓士，在路上奔馳。一眨眼，我們也馳過了幾十年的人生。

「這麼多年一直住在新加坡，不去澳洲，也不回香港？」

「不了，會在這裏終老。」

「這麼熱的一個地方，哪里吸引你長留此處了？」

Francis 輕輕拍著 Felicia 的手說：「吸引我的不是新加坡，是她。」

法式浪漫是張揚的，我愛你不離口；中式浪漫是含蓄的，情話存在心坎裏。這又是一道選擇題，喜歡哪種浪漫，你說呢？

歲月情懷

很奇怪，人到了一定年歲，就好像不再老下去，當然我說的只是聲音和外貌。馬來西亞的 Alex 老師就是這樣，已經含飴弄孫的他，依舊精健矍鑠如昔。從吉隆玻國際機場接我去酒店的路上，Alex 找了間熟悉的港式餐館陪我吃點心，飯後又給我買了四個蛋撻作甜點。到了酒店，他堅持要看著我入住房間後才放心離開，Alex 就是這樣細心的一個人。我打算坐大巴去檳城探訪 Jeffrey 老師，Alex 替我買好票，挑了一個上層靠窗的單人座，怎麼都不肯收我的車票錢。出發前一晚，他和 May 又發來微信提醒我時間地點，發車前還來電詢問是否安全登車。老師們對我這個老上師關懷備至，往年的共事之誼早化成了深厚的友情，那一份幸福的感覺，如甘似蜜！

同是住在吉隆玻的 Ricky 黃永強老師、他太太和女兒一道來酒店接我吃晚飯。客家特色的白斬雞、蒸魚、豆腐、青菜和廣東的半肥瘦叉燒，擺滿一桌。Ricky 自幼雙目失明，但他從不自暴自棄，通過不懈的努力，完成中學、大學，找到一份好工作，娶妻生子，頗帶傳奇色彩的經歷和奮鬥故事，讓他成為一名備受歡迎的勵志演講者。我曾兩度邀請他來學校為學生演講，他寫的書也是我送給同學們的最佳禮物。Ricky 的女兒也是一名教師，乖巧柔順，一直殷勤地為我和父母佈菜。我們清盤行動進行得徹底，整桌的餸菜一點沒浪費，家庭教育對培養一個人的良好行為和性格極為重要。

Ricky 沒有帶他常用的拐杖，過馬路、上下樓梯，都是太太和女兒攙扶著。他說習慣了，兒女和愛人就是他的眼睛、手腳和拐杖，在人生路上始終支持著他前行。而他，毫無疑問也是親人的守護者、遮蔭的大樹、家的磐石。

我心裏疑惑，黃太太溫柔大方，她應該有很多選擇，為什麼會嫁給一個身體殘缺的盲人？黃太太的眼神在回答，因為他在她心目中是最好的男人！她很幸福，他也是。

我習慣早起，在大馬旅遊亦如此，第二天吃過早餐，流覽一遍當天新聞，就焦急的等待老朋友的到來。離聚會還有兩個多小時，後悔沒有約早一點。老師們為我訂了這家酒店，又不肯讓我付費用，這份心意比錢更貴重。我的房間在二十八層，透過落地玻璃窗，可以鳥瞰附近鱗次櫛比的建築群。左邊的一座有點像東莞學校的C棟教學樓，後面一幢貌似學生宿舍，那一片綠的不就是運動場嗎？我的思緒慢慢回到了十多年前的校園。

那時候我的任務是重整學校國際部，該留的留，該走的走，新的管理團隊由經驗豐富的高校長帶領，當年的陽光小子張主任協助，立刻開展工作；接下去我就得整合教學團隊了。

「Mr. Soon，我希望你能代替年事已高的歐陽老師接任教務主任一職。」

「這樣不好吧？歐陽是我尊敬的前輩，又是我的上司，況且他一直盡忠職守。」

「他當然很好，貢獻不可抹煞，不過我現在需要一個更有精力和沖勁的『年輕人』接手新的教學團隊，你不必也不能推辭，我會向歐陽老師解釋的。」

傳統文化的尊重長輩，不僭越，自有其可取之處，不過有效的管理制度是知人善任，不能因人廢事。Mr. Soon 就這樣被我趕鴨子上架，也開始了我們十多年的緊密合作。教會計的 Mr. Soon，教數學的 Mr. Goh 和教英語的歐陽老師都來自馬來西亞，是當年學部重整時的頂樑柱。

對課程熟悉、知識面廣、英語能力強、教學得法，加上專業、敬業和樂業，我的馬來西亞老師團隊不斷地壯大：Chan，May，Jothi，Alex，Jeffrey，Vivian，Vivienne，Leon，Raymond，Tee，Angel Tan，Robert……

在馬來西亞，最大的族群是馬來人，華人次之，然後是印度人。嘗試過招聘馬來人，不過他們的專業度和對工作的熱誠投入都及不上華人和印度人。當地的政策也偏袒保護馬來人的利益，因此造成了社會的極度不平等。馬來西亞本是一個資源富饒之地，可惜政治上的不公和政客的腐敗嚴重地影響了國家的發展。我抵達的那天，法庭剛好宣判前首相拉吉的貪污罪成立，被判入獄十年。試問一個核心價值觀都已潰爛的管理階層，又怎能為人民謀幸福，使其安居樂業呢？

大部分馬來華人和印度人的先輩，都是因為當時祖國貧窮而遠涉南洋謀生，繼而留在馬來西亞定居的。Chan，Soon，Jothi 和 Alex這 一代人的家庭都有著相同的背景和經歷。Goh 老師的父親年輕時乘船到泰國，然後攀山涉水、歷盡艱辛步行至馬來西亞。在一窮二白的情況下靠雙手打拼，建立了家庭，還接濟遠在中國的親戚。這一份對祖國和親朋的深情一直延續到下一代。在華工作這麼多年，Goh 也一直用自己的工資去贊助貧困的山區兒童，讓他們得到教育和溫飽。

其實不單單是馬來西亞，僑居於其他國家的海外華人，對祖國的濃烈感情，沒有隨著歲月的流逝而改變，像 Goh 這樣的例子我見過太多了，偉平學兄的媽媽如是、顯明同學和他的朋友亦然。我常常在想，華僑的這一份情懷，在這現實浮躁的年代，有沒有得到足夠的重視和珍惜呢？

Soon[3]發來的口訊把我從沉思中喚醒，他和 Goh 提早到了酒店大堂，Chan 和 Jothi 不久也來了，看來大家急切見面的心都一樣。

我們一起去品嘗了不知算港式還是廣式的點心和飲茶，喝了大家都愛的拉茶（Teh Tarik），當然是少糖的啦。

晚餐與 Vivienne 老師在當地名店 Madam Kwan 吃咖喱叻沙麵和炒貴刁。Vivienne 業餘愛好畫國畫，這次送了我她手繪的精美中式仕女扇。

年屆八十三歲的 Uncle Chan 年少時學習過中文，雖然生疏了，但還是即興給我們寫下一首詩：

[3] 遺憾的是Soon老師在我離開後翌年就因病逝世了。

光正一別已多年，晚風漫步到塘邊；
今朝重聚在異地，更望有日相見天。[4]
世事更迭，人事滄海桑田，所幸我們的情懷未變！

4 「光正」是東莞學校的名字，「塘邊」是學校附近一帶的地名，光正的老師課餘都喜歡結伴到塘邊的小餐館吃飯。

老家

儘管在澳洲、臺灣和中國都有生意，小兄弟 Norman還是希望能回到他出生長大的老家開展業務。Norman 是誰？就是那個在墨爾本食物銀行當義工，從每三個月捐一回血到每兩周捐一次血漿，持續了三十年的熱血青年。

日夜期盼的這天終於來臨了。農曆八月十五正午是個良辰吉時，在震耳欲聾的鞭炮聲中，Norman 的新公司開張大吉。Norman 安排了車，把我從吉隆玻接到他的故鄉，事先也沒告訴我是來參加公司成立誌慶的，結果我兩手空空，僅帶了一份心意。

說了半天，Norman 的老家究竟在哪里呢？

馬來西亞有個森美蘭州，州首府名為芙蓉市（Seremban），從芙蓉往西北驅車一小時就是國都吉隆玻，向東南同樣一個多小時車程可到達旅遊勝地馬六甲。芙蓉曾經是一個貿易和錫礦中心，現在街上遍佈單幢的破舊平房，沒有高大的建築物，空氣中散發著歷盡滄桑的味道。但不管破敗蕭條，抑或盛世繁華，一個土生土長的地方總令人依戀，是熟悉溫馨的感覺，這就是 Norman 的老家芙蓉。

到賀的嘉賓少說有幾十人，場面十分熱鬧，他們大都互相認識，陌生人只得我一個。

「這位是來自澳洲的陳博士。」

Norman 把我介紹給一位長相略胖、面貌良善、聲線柔和的男士，對方一刻不停的忙著張羅食物：「這是大家姐。」

「你好，大……家姐？」

「大家姐脾氣最好，對每個人都細心照顧，所以有了這個花名。」Norman 解釋道。

「這是妖怪。」

「？？」

「這是我們的美女兵團。」

「黃蜂尾後針，最毒的是什麼?美女嘛，還是離她們遠一點好。」妖怪插嘴說。

「妖怪講的話，你自己掂量一下，不怕的就坐過來。」被冠以美女兵團的其中一位女士笑著與我搭訕，她長相確實標緻，遙想年輕時應該當得上瓊瑤小說的女主角。

「這是我初二的班主任劉老師和高三班主任曾老師。」

「老師好！」

「這是圖書館長，這是《星洲日報》的經理，這是開了五個小時汽車趕來的、新加坡第一幢四十層公屋的建築設計師，他叫半邊臉。」

「半邊臉都已這樣帥氣，年輕時肯定很多羅曼史吧。」

「彼此彼此，哈哈！」半邊臉反應不慢。

「這是我小學同學兼羽毛球高手、譽滿芙蓉的大律師、跆拳道八段兼國際裁判，這個是阿發，這是六粒鐘，這是已退休的小學老師小蘋果……」

小兄弟鴻圖大展，老隊友、老同學、老朋友、還有老師，所有老字輩的，帶上了年輕的第二代、三代來支持捧場。濟濟一堂，歡聲笑語，像是為疫情後的芙蓉市重啟熱鬧繁華。

「幸會！幸會！」

Norman 又拉著我認識另外兩位：「這是老闆和老闆娘，一會我們去伯娘那裏吃午飯。」

「誰的伯娘？」

「哦，是老闆的伯娘，『伯娘』也是他新開餐館的名字。」

「明白了，你們這些稱呼很奇怪啊。」

「小時候參加童軍時起的混號，叫慣了大家都不介意。他們都是我的師兄師姐，對我十分關照。」Norman 頗有點自得。

童軍組織起源於英國，是一個國際性的鼓勵青少年參與社會的活動。忠誠、友愛、重言諾、互相幫助都是童軍精神的實踐。

Norman 和他的朋友、同學、前輩雖無血緣關係，卻親如家人，當然，芙蓉是他們共同的家嘛。幾十年的朋情友愛，滿滿的充盈在這平靜樸素的小市鎮，讓我看到了人性中美麗的一面。

老闆熱情好客，讓伯娘為我預備了吃到晚餐也吃不完的食物——乾炒、乾撈、叉燒、燒肉、湯圓、南乳肉，還有紅豆沙、咖啡、奶茶，全由伯娘自製。

伯娘的客家菜，怎一個好字了得！

逗留芙蓉的每一天，Norman 都給我安排了各色活動，在接送的途中會順帶遊覽一下他出生的醫院、兒時的舊居，閒談父母、老師和同學的往事，翻開了一頁頁塵封的，只屬於老家的歷史，讓我不禁懷念起自己的故鄉。

我的老家在廣東番禺化龍鎮一座叫沙路的小村落，如今還住著我的仁嫂表姐、外甥阿銘和外甥女阿薇的兩家人。仁嫂的後園養著雞，家對面就是我父母以往的祖居，那裏有父親在前院建的魚池，母親種的花草……

老家令所有的遊子眷戀神往，這個親切的名字後面，收藏了多少唏噓的回憶和懷緬。

我愛芙蓉

在芙蓉市的第一頓晚飯有大家姐和兩位美女相伴，吃的主要是健康的蒸、燉、煮。菜甫蛋、秋葵、阿三魚、白切雞、釀豆腐、蒸肉餅、勁辣胡椒豬肚湯，加上午餐老闆請的客家菜，一天下來，肚皮漲了一圈。

回到酒店，累得不成了，淋浴後我倒頭便睡，要爭取休息去迎接繁忙的另一天的來臨。

第二天午餐與 Robert 約會。Robert 是英語老師，也是一位資深的教學培訓師。我和他都崇尚「學生為本」和「活動教學」的理念，所以請 Robert 義務給我學部的員工做了多次教學方法的培訓。今天 Robert 準時到達，還帶上一雙兒女。兒子是藝術家，畫的日式漫畫靈動可愛；女兒博士學歷，在大學任教，無論行走、過馬路，還是上下階梯她都一直攙扶著父親，十分孝順。

國內很多學校為了宣揚孝道，經常安排孩子集體在父母面前唱歌，跳舞，又或為長輩洗腳，家長們感動得淚盈於睫。我只希望在這些形式化的表演之後，大家真的能瞭解孝道的意義，並一生堅持實踐。

Norman 特意挑了一間有名的印度餐館，主食點了爪哇麵，甜品是用椰奶、糯米粉、斑蘭葉製成的珍多冰。餐後去「好彩南洋」排了半小時的隊，喝了杯美祿加咖啡，名為「好架勢」（好利害的意思），這才與 Robert 一家戀戀不捨的告別。

轉眼晚餐時分，老闆和老闆娘訂了座，去吃魚頭米粉。炸過的魚肉滑嫩香脆，老闆娘特意囑咐魚湯不要加牛奶，原汁原味，濃滑香甜，不愧為芙蓉名饌。大碗米粉四人分享，外加薑蔥田雞、魷魚蕹菜、香辣拿啦（蛤蜊）、清蒸非洲魚（臺灣稱為吳郭魚），吃得盡興。

晚飯後老闆自告奮勇作導遊帶我兜風。我的酒店坐落於皇家山，顧名思義，離皇宮不遠，附近是殖民時期的警察局、教堂、已成為州立圖書館的「白宮」等舊建築，很有特色。皇家山地區的歷史，老闆娓娓道來。這個晚上，口福、眼福、耳福都享受了。

次日上午應邀去 Norman 和老闆的母校——芙蓉中華中學演講，與同學們分享我的讀書及工作經驗。第一次全程用華語演講，我又沒帶私人翻譯小陸老師出門，暗地裏捏了一把汗。幸好臨場找了兩個同學當助手，發音不准時請他們更正一下，總算無驚無險，順利到終點！

芙蓉中學的蔡校長十分健談，他的博士研究方向是天文學，送了我一本書，刊有他和兒子拍攝的深邃的星空照片，好美。禮尚往來，我回贈了拙作《琛思婉語》。午餐吃什麼？芙蓉煎蛋、黃酒雞、用豬油渣炒的福建炒麵、煎得微黃的滑蛋魚片米粉、家鄉口味的南乳香芋扣肉、滿碗蟹肉的碗仔翅。至此，我對芙蓉的美食已經徹底投降了。

再也吃不下了，臨別前的晚餐 Norman 帶我去了他同學自家前院開的一個小攤檔，嘗了一碗名為麵粉糕的湯瘧瘩的本地小吃。妖怪家裏有事來不了，細心的大家姐則預備了著名的芙蓉燒包、滿載兒時回憶的黃麵包和咖央角，給我明天去檳城的路上「充饑」。大家姐這銜頭的確名不虛傳。

在星空下，他們談起上學、玩樂和一起成長的往事，是多麼的純真、樸素、自然。我靜靜的聽著，幻想我也是他們的一分子，一起搭乘順風車去營火晚會，跆拳道高手護送美女們撿拾柴枝，妖怪、律師和建築師在搭帳篷，大家姐和圖書館長負責烹調，經理在寫童軍日誌。老闆和老闆娘呢？那樣溫柔的夜晚，少年的他們肯定躲在某個角落，談情說愛去了。明星美女也不見了蹤影，跟誰在一起？只有他、她和天知道。

美食的煙火氣，質樸可親的人情味，讓我愛上了芙蓉。

老朋友

去檳城四個多小時的車程。Alex 老師替我買了Aeroline 豪華大巴的上層單人座。穿過現代建築林立、熙攘繁囂的吉隆玻市區，馳向林木青蔥的郊外，一路皆是明媚的風光和熱帶國家永遠不缺席的夏日驕陽。

檳城分為兩個地域，一部分是位於馬來半島的 Butterworth，另一部分則是隔著馬六甲海峽與之遙望的檳城島。檳城的首府，以「美食之都」著稱的喬治城（George Town）就在島上。連接兩邊的是一座長達三公里的跨海大橋。大巴剛要橫渡海峽時，Jeffrey 老師的口訊響起，他和太太 Shirley 已在車站等候我了。

二〇一三年的某一天，Jeffrey 慕名來我東莞的學校參觀。言談中得悉他教學經驗豐富，對英式課程十分熟悉。人才是任何一個企業機構得以成功的重要因素，學校亦不例外，國際部的壯大和發展，離不開專業而又投入的行政和教學團隊。我當然不會放過羅致 Jeffrey 來校工作的機會。

「加入我們吧，雖然工資未必比得上深圳，但我們的團隊有理想、有抱負。而我的管理方法就像我這個人一樣，理性、客觀、開放、平和。你會工作得開心並有滿足感的。」

「我也很喜歡這裏，不過已經答應了深圳的學校多服務一年，如果你能等我，一年後我願意來加入這個大家庭。」

「好，一言為定，我會虛位以待。」

重言諾、守信用是美德，老師以此作則，身教言傳，必能為學生樹立好榜樣。這樣的老師值得我用一年去等待。

一年後，Jeffrey 真的來了，而且一直為我校工作到退休。後來他還成了我的義務顧問，參與教職員工的評估和培訓，為我在馬來西亞刊登廣告，面試和招聘外教，這無償的付出，除了因為多年建立起的深厚友誼，還能為了什麼？

Shirley 每次來學校探訪 Jeffrey，總給我和其他老師帶上大包小包的咖啡、食品和土特產，單就我的那一份已得在機場超重罰款了。

「陳博士，Jeffrey 常常向我提起你，說你平易近人，是一個好事頭（老一輩人對老闆的稱呼），值得敬重。這些只是我們的小小心意，千萬別客氣！」

「沒有什麼上司老闆的說法，我們只是在不同的崗位工作而已。大家能夠有機會認識、和諧相處共事，就是緣份。」

「我們是工薪階層，那些有錢的大老闆趾高氣揚，不可一世的嘴臉，見得多了。你有學識，又有這樣高的社會地位，待人接物還這麼謙虛，真的很難得。」

「過獎了！」

我不喜歡用金錢和權力去衡量一個人。性格、品行、操守和相同的價值觀才是我擇友的標準。

錢，對每個人都很重要，但亦要取之有道，想盡辦法賴帳的富豪我也見過不少，錢或許多賺了一點，但輸掉了人品；其實擁有越高的權力和地位，越需要虛心謹慎，而非濫用。

Jeffrey 與我從同事成為朋友，幾乎無所不談，世界時事、理財投資、對人生的看法、教育兒女、甚至家庭瑣事都可以聊個沒完。

「陳博士你看，Shirley 就是這樣浪費，也不管實不實用，喜歡的就買。對朋友疏財仗義，請吃飯、送禮物，連眼都不眨一下，比對她自己的丈夫還好。你說，我多難啊！」Jeffrey 向我投訴 Shirley 的不是。

「Jeffrey 都這把年紀了，還拼命工作，不想退休，賺了這麼多錢又捨不得花，我們就常常為了錢的問題爭吵。前半生捱得辛苦，現在也該陪我享受一下人生，對吧？陳博士，你來評評理！」Shirley 向我抱怨 Jeffrey 對她的不關心。

我們這代人，都是窮苦出身，安全感往往來自財富的積累。英雄最怕病來磨，何況老年，Jeffrey 吝嗇用錢，就是怕將來身體有什麼毛病，負擔不起醫藥費。

看看我自己，說是退休了，並沒有停下來。平日裏做點義工，有償的顧問工作也不推辭，公司交給了員工，又留下一些股份；股票、房產投資還得繼續，錢嘛，誰會嫌多？

我買了一屋子的書，最近視力退化了，又轉向建立電子書庫。看得完所有的藏書嗎？肯定不能。浪費嗎？也不。喜歡的書，想看時順手拈來，單為了這份愉悅，所付出的金錢就是值得的。

其身不正，我對他倆的投訴，根本沒資格評論，也沒有什麼真知灼見。不過做一個耐心的聆聽者，舒緩一下朋友的情緒還是力所能及的。

我的記性不好，為了寫這篇文章，已詢問 Jeffrey 多次，確認一些細節。「老」朋友不好當，第一不能嫌對方囉嗦。

Shirley 轉發給我一首名為《The Beauty of Friendships》的小詩，蠻有意思，摘錄與大家分享：

Why do I have a variety of friends who are all so different in character?
I think that each one helps to bring out a “different” part of me.
I listen to one friend’s problems.
Then I listen to another one’s advice for me.
My friends are like pieces of a jigsaw puzzle.
When completed, they form a treasure box.
A treasure of friends! They are my friends who understand me better than I understand myself.

They're friends who support me through good days and bad.

I know I am part of their lives because their names appear on my mobile screen every day and

I feel blessed that they care as much for me as I care for them.

Thank you for being my friends!

馬來風光

陳年往事說完了，讓我們回到當下吧！

睽別數載，Jeffrey 明顯清減了許多，不過精神很好，看起來更健康了。Shirley 容貌依舊，但身體狀態每況愈下。我們緊緊的擁抱著，像是要把多年未見的遺憾補償過來。平日我出門一般都住酒店，不想打擾親戚朋友。這次 Jeffrey 夫婦堅持要我住他們家裏，以爭取多一點相聚的時光。正如所料，我們每晚都談到深夜才肯去安歇。

假如問我，如果檳城沒有美食，我會否來探望 Jeffrey 呢？我想還是會吧。那如果檳城有美食，不過 Jeffrey 不住這裏，我還會來嗎？答案是：肯定會！吃貨本色，一覽無餘。幸好檳城也是 Jeffrey 的家，否則我可要承擔「重食輕友」的惡名了。

行李一放，換上一身輕爽衣服，直奔主題，民以食為天是也。Shirley 早已將三天的行程編得滿滿當當，一日五餐，酒樓飯店大排檔，中、馬、印、娘惹，看得人眼花繚亂，吃得胃不暇給。

美食之旅從一碗鴨肉粿條湯開始。粿條的福建發音是 Kaoy Teow，我最喜歡的炒貴刁（Char

Kaoy Teow）其實就是炒粿條的意思。粿條是用米漿造成比米線寬的粉條，與廣東的沙河粉做法類似。沙河這地方的水質特別，做出的河粉尤其爽滑，故以此命名。小時候父親帶我回鄉，到沙河買沙河粉，當時物資缺乏，沒有塑膠袋，要自備容器或紙張盛載。

先醃制好牛肉，泡油，香一點的話要多加豆粉，煎至外面焦脆。牛肉不必多，河粉才是主角；粉不能粘在一起，先弄散；滾油下鍋，加調味和黑醬油，大火快炒至每條河粉顏色均勻，放進適量銀芽（摘除頭尾的豆芽），半熟後加牛肉，拋炒幾下，即可起鍋，一碟我和父親至愛的乾炒牛河就可以上桌了。炒貴刁的配料不一樣，但做法雷同。饞了吧？別急，這才剛開始。

Lor Bak（鹵肉）源於福建，華僑將他們的家鄉口味帶到印尼、菲律賓、新加坡、泰國和馬來西亞等東南亞國家。食物的味道也隨著不同地域的生活習慣和飲食文化而改變。最適合我的，還是新、馬的鹵肉。用五香粉醃制豬肉，以腐皮裹之，油炸；蘸上少許甜酸醬和辣椒豉油，輔以薄片青瓜，爽、脆、香、腴、鹹、甜、酸、辣，五味雜陳，口感特佳。

Rojak（羅惹）是沙拉冷盤，源於印尼，將時令水果蔬菜切成小塊，澆上花生碎、辣椒、椰糖漿。不過水果還是原汁原味的好吃。

蝦麵、淋麵、板麵、伊麵、蠔麵、福建炒麵、老鼠粉（銀針粉）、冬粉（粉絲）、竹升雲吞麵、阿三喇沙、咖喱喇沙、爪哇麵、燒魚、炒螄蚶（血蚶）、炒拿啦（蛤蜊）、辣死你媽（Nasi Lemak）、魷魚蕹菜……甜品有用糯米粉或木薯粉做的娘惹糕點，ABC（刨冰，Ice Kacang）……飲品有薏米水、莎莉酸莓汁（Ambar Plum Juice）、青柑水……。

憑記憶隨意就能寫下一大串，不過遺漏的肯定比記下的更多。

別以為馬來美食盡是大排檔貨色，上不了臺面，「娘惹菜」可是貴價的高級名饌。從餐館佈置的風格到飲食器皿的講究，足見一斑。來自中國的移民和馬來西亞本土人互相嫁娶而產生的族群叫 Baba Nyonya。中馬文化的衝擊和交集衍生出色彩豐富，情調獨特的娘惹文化。離鄉背井的中國人帶著自己的烹調方法，取用馬來西亞當地的食材，製作出連米飯也用天然植物染成紫青色的新穎美味的娘惹菜系。Shirley 在名為 Nyonya Willow 的餐館訂了座，她的兒子、兒媳、小孫子早在中國就與我認識，這次也來作陪，五對一，想爭著結賬嗎？沒門！

整個旅程盡在吃喝談天，竟也還能抽出時間參觀景點！Jeffrey 開車帶我遊覽了觀音山、喬治城、陳家橋、風光不再的新關仔角（Gurney Drive），以前合作過的ＩＮＴＩ國際學院，曾經住過的 Evergreen Laurel 酒店……我是一個最懶惰的遊客，連下車也免了，拉開車窗，遠距離拍個照，能交代過去，任務完成。

不過也有例外，在孫逸仙紀念館我待了兩個小時，還買了紀念冊和錄影碟片；國父孫中山領導革命，推翻滿清，成立中華民國，這一段歷史不可或忘。逛書店也花了一個多小時，購入四本書。Jeffrey 推薦的「御用」理髮師已經七十多歲了，老師傅花了十五分鐘，用舊式剪發器為我修了一個花旗頭（當年對西式髮型的叫法），可惜忘了最後一道工序——在我頸後撲上爽身粉。再花十五分鐘，我在騎樓底（以遮陽為目的的一種外廊建築設計）的老式鐘錶鋪換了一塊手錶電池。

那麼，馬來風光好嗎？

當然好！好看，好聽，好吃。

好看不用解釋；當年著名的歌星姚莉和姚敏合唱了一首很好聽的流行曲，歌名就叫《馬來風光》。「馬來風光」也是一道菜名，參巴（Sambal）辣椒醬炒空心菜，色香味俱全！

順帶一提，回程經新加坡，碰巧既是週末又逢印度燈節，好友 Francis 帶我在「小印度」吃了美味的黃油咖喱雞，臨別前一晚則往著名食肆「蒲田」品嘗招牌菜黃花魚。

盡寫一些你們看得到吃不到的美食，罪過！

越南故事

哀音何處寄

啟程留學前，女朋友拿了我的生辰八字去看相；相士說，此生若要飛黃騰達，需往北走。可我去的是南半球的澳洲啊，難道真要窮酸措大過一輩子？世事難料，因為愛上了這個平和友愛的國度，終於定居下來。澳洲的南面僅剩下新西蘭和南極，而我居住的墨爾本也位於澳洲南部，再往南似乎不可能，冥冥中「往北走」的預言，卻總有辦法實現。

第一站，竟然是從未想過的越南。

越南是一個悲情浪漫的國家。中國從漢朝征服南粵時開始，已將越北部分地區納入其版圖，此後的一千年，中國曾三度統治越南，經歷過無數大大小小的戰爭，直至明朝敗亡被趕走為止。越南隨後又淪為法國的殖民地長達一世紀，接著被日本入侵佔領，二戰後又發生了內戰，直至一九七五年越南才真正成為一個統一獨立的共和國。越南人普遍懷有強烈的憂患意識，其原因絕對可以理解。

水中木偶戲是傳統的越南藝術，舞臺設在一個小水池，表演藝人藏身在水池的帷幕後把弄木偶，戲碼以民間古老傳說、農民和漁民的辛勤生活等為主。配樂跟中國的大鑼大鼓一樣，喧嘩熱鬧。這種過度渲染出來的歡欣快樂，背後隱藏的卻是這個民族一直受外族欺侮淩虐的苦難。

二胡應該最適合演奏怨曲吧，不過越南另有一種傳統樂器叫獨弦琴，比二胡更少一弦，卻通過這單一的弦線將孤寂無力的感覺演繹得淋漓盡致。哀音使人消沉失落，久聽實在壓抑，我還是更喜歡西方音樂帶一點浪漫的傷感。

儘管越南的一年四季都是仲夏，夜晚空氣中卻莫名的彌漫著哀傷的情調，這樣的晚上，我常去酒吧喝點什麼，聽聽音樂。樂師的手指在薩克斯風的琴鍵上跳躍，中年女歌手沙啞的嗓音深情地隨著旋律響起：「啊！傷我心的人兒，為我編織著夢想的人兒，我會一直追隨你，穿過廣闊的月亮河，去那彩虹盡處……」樂師本來已經隨家人移民國外，為了她，回來了。他奏著琴，她唱著歌，直到年華老去。

經歷過無數戰亂流離，苦難淒怨已經在這個國度留下了永遠的烙印。

怒海餘生

年輕時我對越南的認知甚少，只看過《獵鹿者》（Deer Hunter）和《投奔怒海》兩部反映越戰的悲慘和殘酷的電影。一九七五到一九九二年的十七年中，大約有二百萬越南人從海路逃生，是有史以來規模最大、人數最多的難民潮。船民（boat people）從此成了一個專有名詞。可惜只有約六成的船民能逃出生天，很多都不幸在航程中因為海盜、饑餓、風浪而喪生，或被抓捕回國，經受殘酷的刑罰、迫害。

這一段經歷對於船民來說無疑是慘痛的，每天游離在生與死的邊緣，既懼怕風浪無情，又擔心海盜的掠奪和侮辱，在茫茫海上渡過了無法預計多少個日與夜，也不知道何時或者會否抵達一個安全自由的港灣。最後倖存的船民都有一段刻骨銘心的故事。對於他們的遭遇我只能寄予無限同情和憐憫，也慶倖自己生長在和平的國度。

除了少數船民能夠直接登陸收容國外，絕大多數獲救者需要暫時棲身於東南亞各國所設立的難民營中，開始一段漫長的甄別程序，等候願意接納他們的國家。香港彈丸之地，沒有資源永久地安頓大批難民，但卻成為難民第一收容港，它是東南亞最大的難民中轉站，共收容二十多萬越南船民，在龐大的國際人道救援行動中起了重要的作用。接收大量的難民對任何國家來說都是極大的負擔和挑戰，但仍有不少先進國家慷慨地伸出援手，美、英、加拿大、澳洲及歐洲都是越南難民的最大收容國。

澳洲推崇多元文化，而越南人也和中國人一樣刻苦勤奮，經過半世紀的努力耕耘，許多越南人在澳洲主流社會取得了耀眼的成就，他們中有人成為著名的喜劇演員、廚師、律師、醫生、法官、作家、建築師、政治家和大學教授等。在我供職的大學裏，就有阮教授和范博士兩位越南裔學者。

大學當年計畫在越南開設海外校園，阮教授是主要負責人。如今的胡志明市、大勒和河內都設有該校的校園，學生人數上萬名。越僑和華僑有許多共通之處，為新的家園付出之餘，亦不忘反哺故鄉。

范博士是位越南歷史學家，謙謙君子，對任何人都彬彬有禮。我轉工時，他送我一本他寫的關於越戰前越南和美國關係的書，是他一系列六本著作的第一冊，至今還擺放在我書架的「珍藏書籍」的位置。

兩位傑出的學者，同樣是七十年代怒海餘生的船民。他們身上想必都背負著一段沉重的過往。

戰爭讓多少人家破人亡，流離失所。本以為人類作為萬物之靈，懂得吸取慘痛的歷史教訓，但時至今天，仍有以各種各樣的理由發動的戰爭，繼續製造一些毫無意義的世間慘劇！

中法混血兒

越南文化十分獨特，揉合了五十多個少數民族的不同風俗習慣之外，亦深受印度佛教和中國思想的影響，儒家的忠、孝、禮、義都是越南人一直遵從的道德標準和行為規範。

越南語發音並不好聽，特別是出於男性之口，有種陰陽怪氣的感覺。不過卻又很適合女聲去演唱傷情的歌曲。古越文源于漢字，越語有六個聲調，與漢語一樣都是單音節文字，而且很多越語字詞的發音與中國兩廣的粵語發音相近。譬如「公安」（Cong An）、「特別」（Dac Biet）、「大學」（Dai Hoc），操粵語者，一聽就明白。

將越南文字羅馬化，始於法國殖民時期；越南房屋建築的模式是狹長多層的，據說法國殖民者對物業徵稅的方法是以臨街部分的房屋面積大小來計算，狹窄的樓面為省錢計，而多層建築則方便一家幾代人同住一處。

法國的文化和生活習慣，特別是在吃這一方面，亦深深地影響著越南。工作忙時，一個越南法式麵包就可充當一頓美味的午餐了。破開一個法式麵包，塗上黃油和豬肝醬，加入醃制好的酸甜紅白蘿蔔絲、黃瓜、辣椒、香草、芫荽、火腿或者烤肉片。嘴要張得夠大，咬下脆脆的麵包帶著肉香和清新的蔬菜氣味，一種很特別的中西夾雜的口感。品嘗法國大餐也不用到巴黎，在西貢，你就可以吃到便宜又地道的法國菜，油封鴨、鵝肝醬、焗蝸牛、馬賽魚羹、普羅旺斯燉菜、紅酒牛肉……

不過對我來說，法國餐吃一兩次就夠了，還是越南的傳統菜式比較合我胃口，春捲、米紙卷、越南河粉、酸魚湯，這些自不必說，我喜歡的還有那些生生澀澀但清香無比的九層塔、薄荷葉、生豆芽、香茅、芋頭梗、青木瓜沙律，還有難聞但又極鮮美的魚露。

越南航空

新冠病毒的變異毒株傳染力雖強，但殺傷性卻大大減少。許多國家逐漸開放邊境，希望可以帶動經濟復甦。我亦迫不及待地踏上疫情後的第一次海外旅行，目的地是——越南。

飛機起飛前會演示或者播放一段安全須知。內容往往千篇一律，很難吸引乘客的注意力。意外地，越南航空這一段安全短片我竟然全部看完了。節奏明快，輕鬆幽默，結合了動畫及真人互動，再加上手語，創意無限。航班上的服務員英語流利，殷勤有禮。這次航程經歷，絕對是越南近年來長足進步的縮影。

二十七年前我第一次到越南公幹，洽談的正是對越航空乘人員的培訓項目。當時越南經濟比較落後，機組人員往往以「帶貨」作為副業；去程帶上越南的土特產，返程則捎回澳洲的舶來品。也有鋌而走險之輩，偷運毒品，結果身陷囹圄，前程盡毀。

這次我純粹是旅遊，越南雖然受新冠疫情的影響，但仍處處呈現一片繁榮景象，活力蓬勃。酒店房間都訂滿了，大部分是本地遊客，消費力之強，出乎意料。近年也因為大量的韓國和日本資金湧入，大街小巷中除了傳統的越南和法國美食外，韓日餐館也比比皆是。

值得一提的是，越南乘客守規有序，我在旅途中乘座了兩次內陸航班，既沒有爭先恐後的現象，也無人因為搶佔行李架上的空位而發生爭吵。

曾經坐過不少航班，新加坡航空和阿聯酋航空的體驗感最好，華航也不錯。國泰航空這幾年每況愈下，中國的優質航班則有東航和海航。這趟對越航也相當滿意，讓我下了再次光顧的決心。

黃金、屋

黃金對越南人和中國人而言，都是富貴的象徵。尤其是一個戰爭持續了二十多年的國家，紙幣不值錢，黃金最可靠。在墨爾本，大部分的金飾店都是越南人開的。越南女性特別愛美，金戒指、金耳環、金項鏈戴在身上，除了增添姿色外，更帶來心理上富裕的滿足感。

阿青來自北越，有著令人羨慕的家族背景。為了逃難，她跟其他船民一樣，在海上經歷了無數的艱辛苦困，每天活在驚恐不安中。最終獲救，阿青住進了泰國的難民營，因為她英語說得好，當上了翻譯，後來定居澳洲。我在一次會議上認識了阿青，看她周旋於來自不同國家的與會人士之間，口舌便給，能言善道，於是招募她進入我的團隊，負責越南地區的市場開發。

阿青八面玲瓏、精明強幹，有磨不盡的耐性、用不完的精力。出差越南的每次洽談，總要糾纏出一些結果才肯甘休。她亦會把握工餘時間去鑽營自己的「業務」，代購兩國的土特產，作移民留學諮詢，甚至買賣澳洲物業，不放過任何賺錢的機會。我們的越南市場開發得相當順利，而她的「生意」也經營得風風火火。

賺了錢，阿青在她住的那條小街上購入四、五幢房子，差不多都可以向市政府申請改名為

「青之街」了；當然更免不了置辦各種款式的黃金飾物，說房子要留給兒子，金飾留給兒媳婦。還遊說越南的親戚朋友合夥，用她的名義買了一些地皮和一個農場，賺的錢留給自己養老。

阿青再婚，男人卻不務正業、好吃懶做。十多年的夫妻情分最後以離婚收場，男人瓜分了阿青名下的一半家產，飄然而去。阿青迫不得已，變賣所有的物業還貸。苦心經營了半輩子，落得財散人空。剩下自住的一棟房子和部分金飾，當然還足夠讓她為兒子辦一門體面的婚事。

金錢財富畢竟是身外物，上天自有安排。人世間的每一段感情才是真正屬於自己的。因財失義的事我屢見不鮮，也在自己身上發生過。令人惋惜的不是失去的錢財，而是那一份多年建立起來的友誼和信任。

螳臂擋車

螳臂擋車只是個比喻，不過人臂當車卻真的可以。

亞洲國家一般人口稠密，道路建設往往跟不上經濟發展的速度，路窄車多人更多是一個常見的畫面。亦因如此，小型的交通工具在這些國家大行其道。泰國有著名的篤篤車（Tuk tuk），而越南亦不遑多讓，法國人發明了 Xich Lo，一種前面安裝載客車斗的人力三輪車，有點像反轉過來的中式黃包車。不過對於每個越南家庭來說，摩托車和自行車才是最受歡迎的自備交通工具。

二十多年前我初到越南時，只見大型公車、人力車、貨車、小轎車，再加上無數的摩托車和自行車在狹窄的馬路上你爭我奪，險象環生，心底著實發毛。絕無僅有的交通燈和斑馬線形同虛設，繁忙時段基本上要依靠警員來指揮交通。至於行人過馬路嘛，就全憑你的能力了。什麼能力？警覺性、穩定性，還有勇氣和膽識。當然如果你懂得金庸武俠小說的淩波微步或絕頂輕功，又另作別論。

青姐和她久別重逢的越南閨蜜邊走邊興奮地閒聊，輕鬆過到馬路對面後，才想起我還在後頭。並非我不想跟上，而是不知怎樣邁出第一步！

牛郎織女相隔銀河仍有鵲橋可渡，越南路上的各類交通工具如過江之鯽，川流不息，而且廢氣沖天，就算真有喜鵲也得憋著氣，哪顧得上築橋呢！我隔著一街喧囂的車馬遙望青姐，一臉無奈。

後來往返越南的次數多了，通過我細密的觀察和研究，加上反覆實踐驗證，終於習得一套在越南過馬路的六式心法。為免失傳，現公諸於世，以惠及眾生。

人臂當車寶典

第一式：氣沉丹田，深呼吸，也可以先祈個禱、念句佛。保持心態平和，勿急勿躁。

第二式：緩緩舉起左手或右臂，作好下這滾滾車海的預備。

第三式：全神貫注，判斷前車與後車相距的空間和車速的關係，以庖丁解牛的技巧在適當的間隙中走出第一步；注意：手臂不能放下。

第四式：緩慢而堅定地向前行，不用閃避迎面而來的車輛。眼光要傳遞出大無畏精神，司機們自然會被你的氣場所震攝，在你身側閃避而過。

第五式：當你走到路的一半，站定。頭部和手臂換一個方向，然後重複第三、第四式。

第六式：此時你已橫過了馬路，抵達彼岸。放下手臂，感恩的你當然可以緩緩的呼一口氣，念一下謝禱文或者頌一句阿彌陀佛。

美男子

我第一次接觸產能行業，是與國營企業——越南國家石油集團公司（Petro Vietnam）洽談培訓合作。集團的培訓中心設在風景如畫的海邊城市頭頓（Vung Tau），約好了培訓總監去參觀他們的設備並商談細節。剛好當天是總監母親的壽誕，我們獲邀先參加老人的午間生日會。

會場十分熱鬧，觥籌交錯，衣香鬢影。老人身穿越南傳統禮服，面帶微笑，接受眾人的祝賀。總監夫人頭上一頂鑽石金冠，穿金戴銀，長裙拖曳，花枝招展，富態又貴氣，時而遊走於賓客之間，笑語盈盈，一會又親密地拉著總監的手去敬酒，總監也不時摟著夫人略胖的腰肢合照，恩愛纏綿，羨煞旁人。我沒有喝酒，但亦醉意熏熏矣！

飯後車分兩輛，各自趕往頭頓，數小時的車程我睡得昏沉，到達時華燈初上，該又是醇酒美食的時刻了。我們和總監前後腳進了晚飯餐廳，剛剛坐定，即見一花樣年華、婀娜多姿的漂亮女子飄然而至。總監起身相迎，還來個西式擁吻。

我悄悄的用英語問身邊的同事阿青姐：「誰？」答曰：「情人。」

這種現象，中外如一，有詩為證：在家紅旗永不倒，在外彩旗四處飄；一丈之內是為夫，百步之遙有情人。

總以為能得到風姿綽約的嬌妻和年輕貌美的情人雙雙青睞，總監即便不是個美男子，也肯定魅力不俗。其實越南男人大多矮小黑實。而總監呢？

肚大好似如來佛，髮少猶如得道僧；

身賽大郎高三分，貌比玄壇勝一籌。

總監的美在於其權力和財富，這個道理，懂的都懂。

其實當年屬我少見世面，其後我的業務從越南再往北拓展，二奶、小三屢見不鮮，也就見怪不怪了。

想知道越南女性心目中真正的美男子是什麼標準？青姐說：「身高大概一百七十五公分，體重不超過八十公斤，五官端正、膚色顯白，高學歷、高收入，有外國國籍和能說流利英語就更迷人了。」

符合這樣標準的美男子，我至少認識一個！

菲律賓的歌聲與笑臉

記憶中的馬尼拉

第一次踏足馬尼拉，是二十多年前的事了。當時代表澳洲參加總部設在菲律賓的亞行會議（全稱亞洲發展銀行 Asian Development Bank），在馬尼拉停了三個晚上。亞行其實並不是一般的商業銀行，它是亞太地區幾十個國家政府組成的一個金融機構，成立的目的是通過貸款給予合資格的項目，從而推動亞洲經濟和社會的發展，性質與總部設在華盛頓的世界銀行（World Bank）相近。

二戰後的菲律賓經濟快速成長。可惜經過獨裁者馬可斯總統二十年的統治，政治混亂、貪污腐敗、貧富懸殊，菲律賓的國力和經濟從此一落千丈。一九八六年馬可斯民意盡失，被逼流亡海外。在清點過程中發現馬可斯家族從菲律賓人民手中竊取了數十億美元，貪婪的馬可斯夫人艾美達的衣櫥內擺放著未能帶走的三千雙鞋子。這種公帑私用、奢華腐敗、以權謀私的政治生態，竟然構成了我對馬尼拉深刻記憶的一部分。

馬可斯敗落的那年我正在澳洲勤工儉學，去餐館打工前約了一班朋友先到火車站賣唱賺錢，路人還以為我們是菲律賓人，在為馬可斯的倒臺而高歌慶祝。

二〇二二年，小馬可斯（他們的兒子）就任菲律賓第十七屆總統，他的政績，諸君可自行評價。目今菲律賓三分之一的人口仍處於貧困線之下，而貪污情況，亦不見得有任何改善。

從機場到亞行總部用不了半小時的車程。駛入亞行大樓，安檢十分嚴格，所有進入的車輛固然要徹底搜查，連車底也用鏡子伸進去探照。菲律賓治安長年欠佳，槍械管制鬆懈，貧窮和失業變成重大的社會問題，富人和遊客的綁架案亦時有發生。二〇一八年我重遊菲律賓時，這種略顯誇張的安檢措施仍在大商場和主要建築物的入口處嚴密執行。

亞行會議的第二個晚上，澳洲駐菲律賓大使在她的官邸宴請了澳洲代表團。大使說，菲律賓是個千島之國，無煙工業正蓬勃發展，特別是對喜愛潛水和海灘的旅遊者來說，簡直是天堂。她還特別推薦了宿霧、碧瑤和百勝灘等去處。

可惜在二〇一〇年，馬尼拉發生了一起劫持香港遊客作人質的事件。因為警方處理不當，槍戰釀成八死七傷的慘劇。菲律賓的旅遊業至此步入了寒冬。

菲律賓具備優秀的工業和農業結構，礦產及旅遊業資源也相當豐富。不過假如沒有一個清明的政府、良好的管治架構和專業的公職人員，再拔尖的資源也無法充分有效的運用起來。

有關馬尼拉的記憶，還包括吃的部分。

我鍾愛雲吞麵，曾經想寫一篇有關世界各地雲吞麵特色的文章。到了馬尼拉，當然不會放過品嘗一碗當地雲吞麵的機會。我請教了酒店的工作人員，終於在附近商場內找到一個售賣雲吞麵的麵檔。麵來了，看到碗上鋪了幾片叉燒，我就已經覺得不對勁。雲吞的餡用的是純瘦肉，口感當然好不到哪里，湯頭是味精湯包，而最重要的麵條，也只是一般機器造的蛋麵。不吃也罷。

朋友說馬來西亞檳城有一間雲吞麵店，用的是傳統方法以竹竿壓打而成的竹昇麵。去年我特別跑了一趟檳城，可惜乘興而去、敗興而歸。沒辦法，雲吞麵，還是香港的最好。

我是歌手

出差越南，巧遇多年不見在西澳大學任職的老朋友 Walter，相約晚上到酒吧敘舊聊天。我倆都不是劉伶，點了杯威士己加冰，為的就是碰一下杯，慶祝異地相逢的那份喜悅。談興正濃之際，遠處小舞臺上的樂隊奏起我很喜愛的歌曲《藍月亮》（Blue Moon）的前奏。我們都不期然地停了說話，靜靜地欣賞菲律賓男歌手低沉而又充滿磁性的歌聲。

說起菲律賓歌手，如果你來自香港又或曾經看過「我是歌手」這檔節目，很有可能認識杜麗莎（Teresa Caprio），並聽過她的歌。六歲就在歌唱比賽節目中脫穎而出，七零年代憑藉一首《假如／是否》在香港樂壇走紅。杜麗莎的爸爸是菲律賓人，一位爵士樂鼓手，祖父則是結他藝人。

另一位我鍾情的菲律賓裔香港女歌手露雲娜（Rowena Cortex），五歲就開始參加歌唱比賽，六歲時菲利浦ＥＭＩ為其灌錄首張個人大碟。十五歲參加第九屆日本世界歌謠祭，得到 Elton John 的青睞，為她創作了《In the Morning》一曲。二十六歲露雲娜選擇結婚生子，從此退出歌壇。無獨有偶，她的父親也是音樂人，一位傑出的薩克斯風樂手。

我在東莞工作時，酒吧和酒店裏駐場表演的都是來自菲律賓的樂隊和歌手。Wilhem 就是其中之一，彈結他、鋼琴、打鼓、唱歌，甚至繪畫，樣樣皆能。我邀請他在工餘時間來學校兼職音樂老師，學生還可以順便學學英文。

教務主任 Warren 的太太 Melissa 來自菲律賓巴科羅德（Bacolod），天生一副好嗓子。一首《My heart will go on》媲美原唱者席琳・迪翁，常常獲邀在各項慶典中表演。

我去菲律賓探望以前為我工作的老師，教數學的 Glenn 邀請我到他家裏去玩。他五歲的女兒機靈可愛，爸爸彈奏結他，她就載歌載舞。我們在他家唱了一整晚的卡拉OK。

近年我迷上了菲律賓本土女歌手 Gigi De Lana 和她的樂隊。她對歌曲的細緻演繹及演唱風格深得我心，樂隊每一位成員都是多面手，小提琴、結他、電子琴，件件精通。

為什麼菲律賓人這樣熱愛音樂，唱歌跳舞又都揮灑自如呢？

音樂和舞蹈在菲律賓有著悠久的傳統與歷史。最早的原住民習慣以歌舞樂曲來表達情感、述說他們的故事和傳達資訊。這種溝通方式慢慢就成了菲律賓人日常生活的一部分，音樂和舞蹈的文化也就根深蒂固的一代一代傳承下來。

十六世紀中，西班牙入侵，開啟了菲律賓長達三百多年黑暗的殖民統治。菲律賓人被勞役，西班牙人攫取了他們的資源和財富。然後就是美國的侵略，因戰爭、疾病、饑饉和被關進集中營而導致死亡的人數估計有二十五至一百萬。第二次世界大戰期間，日本佔領菲律賓長達四年，再有一百萬菲律賓人在戰爭中喪失生命。大戰後菲律賓終於獨立了，可惜在獨裁者的統治下，貪污腐敗成風，經濟環境惡劣，政治也是一片混亂。

幾百年來貧困和苦難已成為菲律賓人生活的底色，音樂舞蹈之於他們愈加顯得重要，是民眾抒發情感、保持樂觀心態的生存之道。日子過得充裕歡愉時，肯定要狂歌熱舞慶祝一番；面對著艱難困境，那就更需要輕歌曼舞來安撫憂鬱受創的心靈了。

從小在這樣的文化薰陶下成長，怎能不是好歌手呢？上面提到的杜麗莎和露雲娜僅是熠熠星光中的一兩顆罷了！

回說我和 Walter 的聚會吧。

臺上一曲既畢，我們仍意猶未盡。Walter 讓服務員遞上小字條，希望樂隊能為我們演唱菲律賓叛逆歌手 Freddie Aguilar 的《Anak》（孩兒），這首歌當年紅遍國際，是歌手向父母表達後悔及歉意創作的名曲。

臺上的歌手大約混合了西班牙和菲律賓土著人的血統，精緻的五官、一頭濃密黑髮和一雙深情的大眼睛，他沖著我們這邊點頭微笑，是對知音的致意。

「你出生到這個世界的那一天
你的父母充滿了喜悅
他們的臂膀是你的光……
現在你們都長大了

你渴望獨立
即使你的父母禁止
他們也無法阻止你……」

「你好像很喜歡聽菲律賓歌手唱歌？」我問 Walter。

「是啊！他們演唱時特別投入，整個人都充滿樂感。其實聞名國際樂壇的菲律賓樂隊和歌手大不乏人。有聽過 Lea Salonga 嗎？她從小就愛唱歌，家庭聚會中一定少不了她的歌聲。十八歲那年，Lea 擊敗眾多競爭者，包括香港歌星杜麗莎，奪得歌劇《西貢小姐》主角一席，結果一戰成名，蜚聲全球。」

「太喜歡她了，很有力量的聲線，但又舉重若輕。尤其是她的英語發音，清晰易聽，香港迪士尼樂園開幕時就邀請她作為表演嘉賓。她的聲音很多人都聽過，就是卡通電影阿拉丁和花木蘭女主角的幕後代唱，廣闊的音域，巧妙的共鳴運用和高超的技巧，塑造出兩個卡通主角的性格和靈魂。而且她跟澳洲歌手ONJ一樣，成名後對公益事業貢獻良多，新冠疫情期間，她還聯同美國前國務卿希拉里主持一個反仇視亞裔族群的論壇。我喜愛她的歌聲，更佩服她的人格。」

「其實當我們有能力時，就應該回饋社會，為公義發聲。但很多人一旦名成利就，卻把做人應有的責任都拋到九霄雲外了。」

夜深了，樂隊也完成了他們的表演，預備收拾離去。我們第二天都有工作，乾了最後一口威士己，握手道別。

回到酒店房間，我依然思潮起伏。菲律賓歌手的故事，證明文化薰陶對一個人的成長，甚至一個民族的特性和發展都有著深遠的影響力。中國傳統文化重視禮、義、廉、恥，如果我們每個人、每個家庭、甚至整個社會，都能堅持這種道德和文化的傳承，我想中華民族是不是可以變得更優秀呢？

笑臉背後

二〇二三年十月，去了一趟菲律賓，目的是為見見久違的老師們。疫情過後，很多外籍老師都離開了學校。我們一起工作了十多年，和他們，甚至是他們的家人，都已成為好朋友。自從退休後，老是記掛想念著，反正現在悠閒的時間多了，那就去走走吧。我們的菲律賓外教大部分都來自巴科羅德（Bacolod）這個城市，從馬尼拉轉機，不出一個小時的內陸航班就到了。

Marites 攜一家大小來接機，Joan 在外地工作，安排了她弟弟帶著鮮花和禮物來歡迎我。還有Glenn，Duan，JM，LJ，Warren……早就約好了見面時間，老師們的熱情，絲毫不減當年。

「快上車吧，我帶你去品嘗菲律賓一種很受歡迎、又很特別的叫 Batchoy 的湯麵，我記得粉和麵都是你的摯愛。我們得抓緊時間，晚了就賣光了。」Marites 邊說邊匆匆將行李塞進車尾箱。

餐廳位於市中心，門面相當高級，而且座無虛席。還好我們只等了十多分鐘就有位子了。這家餐廳也提供米飯及其它菜式，但幾乎所有客人都會點上一碗湯麵。落座後，我們忙著敘舊談近況，都忘記了餓，直到肚子咕咕作響，剛好我們點的 Batchoy 也端上來了。

一看之下，滿心的期待立時冷卻了大半。麵是我們平日常吃的蛋麵，上面鋪滿了豬肉、豬腸，豬肝，炸豬皮和蔥花。這不就是一碗普通不過的豬雜麵嘛！還好湯頭是熬得很濃的肉湯，加上一點洋蔥、蝦醬和黑椒，我猜想整碗麵的精華就在這濃湯裏頭了。

雖說這道菜是菲律賓人發明的，但總覺得它與中國菜有莫大的淵源。研究一下中國人移民菲律賓的歷史，大概也可以發現一些蛛絲馬跡。

在西班牙統治菲律賓的十六至十九世紀，亦即中國的清朝，特別在晚清，由於政權腐敗，民不聊生，中國人尤其是福建和廣東人，開始向東南亞各國謀求出路。在菲律賓落地生根、與當地人通婚，繁衍出來有中國血統的後裔約占整個菲律賓一點二億人口的十五%。菲律賓首位民選女總統科拉桑（又稱阿基諾夫人）就出生於當地富裕的閩南家族，她的曾祖父是來自福建的移民。

巴科羅德因其擁有一個極之優秀的港口，在經濟起飛之初，中國人和中國裔的菲律賓人逐漸開始移居及到此地經商，從而建立起一個龐大的中國社群。除了在市中心建有唐人街外，還主導著當地的主要企業和經濟發展。

中國人除了精於營商之道，我們博大的飲食文化也隨著移民傳播至世界各地。一想到這碗Batchoy 豬雜麵，背後可能與中國文化千絲萬縷的關聯，我趕緊把它吃了個碗底朝天。儘管它的滋味絕對無法與我家鄉那碗地道的雲吞麵相比較，卻也有一份「他鄉遇故知」的感覺。

「今次你要住遠一點了，市中心的酒店都已訂滿。你來得巧，每年十月份是我們這裏最熱鬧的馬斯卡拉節（Masskara），慶祝長達一整個月呢。十月的第四個星期日在 Lacson 大街還會有綿延一公里的花車和飄色遊行、樂隊演奏、民族舞蹈、方隊表演，路的兩旁擺放啤酒、小吃和售賣紀念品的小攤檔。近年再加上鐳射燈光，令這個節日更熱鬧、更有色彩。對了，還有馬斯卡拉小姐選美比賽呢！可惜到時你已經離開了。

明晚我們帶你去參與一些較小型的慶祝活動，湊湊熱鬧。看街頭表演、舞臺演唱和舞蹈、吃燒雞，再聽聽那些安裝上超級音響設備的車隊播放轟耳欲聾的音樂！」下班後趕來與我相聚的 Sally 老師說。

這次的行程，除了時間是我決定外，其他一切包括住宿、交通、活動安排都由老師們負責。

「我從機場大堂出來的時候，看到很多笑臉裝飾。歡迎的標語寫著巴科羅德是'微笑之城'（City of Smiles）。也確實如此，這裏的人特別和善，我遇到的都是一張張笑臉。這和馬斯卡拉節有關嗎？」

「是的，不過關於這個節日其實有一段故事。馬斯卡拉是一個由西班牙文和菲律賓文合成的詞語，意思是眾人的面具。所有面具都帶著笑容，但笑臉的背後卻隱藏著悲慘的往事。

巴科羅德這個地方盛產甘蔗。可惜隨著糖的代用品的興起，地方經濟所倚賴的蔗糖工業逐步式微，隨之而來的是失業和貧窮等嚴重的社會問題。與此同時，剛巧一艘載滿乘客的島際渡輪從馬尼拉到巴科羅德的途中與一艘運油船相撞，釀成一百多人死亡和失蹤的慘劇，哀傷的氣氛彌漫了整個城市。

當時的市長為了鼓勵市民積極面對逆境，讓這個微笑之都重新振作，於是聯繫了藝術團體、商業機構和民間組織共同贊助舉辦了第一個『微笑節』。也是為了告訴大家，無論時勢多艱難苦困，巴科羅德的市民仍會堅強面對，克服挑戰，重拾昔日繁華。無論內心如何苦惱，我們還是要帶著微笑生活。馬斯卡拉節就是在這個背景之下誕生的，它不單是一個讓大家享受歡樂的節日，背後還有這一重珍貴的意義。」

中國曾有一段被侵略的慘痛歷史，其實世界上許多國家同樣有著他們各自血與淚的沉重往昔。侵略、戰爭、資源和利益的掠奪，這些殘酷的爭鬥不單發生在國家、民族之間，在社群甚至同一種族的個體中亦不斷地出現。究竟是人的劣根性，還是我們已然喪失了原本的善良與包容呢？

事實如此殘酷，而我們的力量又如此渺小，能控制的也許只有自己的態度取向罷了。但願我們都能像巴科羅德人一樣，用笑臉來面對人生！

澳洲風情畫

寧靜居一景

出生在香港這樣一席彈丸之地，小時候全家人住的是一個小小的板間房。搬到政府幾百英呎（相當於幾十平米）無間隔的廉租屋後，加上我祖母，一家六口仍然擠在狹仄的空間生活。所以我從小就對封閉空間抱有恐懼感，時常被同樣的惡夢驚醒，夢中自己被關在一個密閉細小的暗室中，一睜眼面前就是一堵牆，那種壓迫感令人不能呼吸。這個惡夢一直纏繞著我，直到搬進大學宿舍。

在澳洲的數年留學生涯讓我愛上了這個廣闊的國家，猶如一介貧民突然暴富一樣，擁有了大片屬於自己的生活空間。從那時開始，我就預感終有一日會將家園建在這裏。

要放棄在香港拼搏獲得的一切並不容易，不過那一刻還是來了。攜著有限的財富重臨這既陌生又熟悉的地方，開始了我人生旅途的新挑戰。兩個多月過去了，求職信發了上百封，人家不是嫌我學歷太高，就是沒有本土經驗。日子過得越來越焦躁，期盼與失望成了每天生活的主旋律。在這兩種極端情緒的空隙中，我寫下了《寧靜居一景》。驀然回顧，已是數十年前的往事了。苦中作樂，也許是我在當時唯一能選擇的生活態度吧。

緣起

吾妻一向身體孱弱，小毛病頗多。常有頭暈目眩，傷風咳嗽，睡無定時，好逸惡勞，喜美食而厭庖廚等病狀。時代女性之通病也。故習以為常，少加理會。輕則多吃兩片止痛藥，重則吞服感冒靈或作購物一日遊，每可疲勞盡去，藥到病除。然日前吾妻突感不適，頭痛發熱，失眠作嘔，施以一貫療法數日而無效。事有蹺蹊，唯有延醫診治。醫師望、聞、問、切，穩重老成，實有大國手之風。問其下藥之要領，則如迦葉尊者般拈筆微笑，頻說恭喜。余始知大事不妙，二人世界即將宣佈完結。正所謂喜訊與噩耗同來，三魂共七魄齊飛。吾妻有喜矣。

幻化

吾妻因要肩負承宗接代之重責，故特許臥床休息，飯來張口，衣來伸手，享其少奶奶之福。惟福兮禍所倚，其所要承受之嘔吐、頭暈、失眠、厭食、心跳等苦則不足為外人道也。余則內外調理，上下打點。開支度用，一言而定。榮升內務總管，權貴名利，垂手可得。正當沾沾自喜，一心以為鴻鵠將至，每日可以瞞騙私房數兩之際，橫禍乍起，昏地烏天。有鑒於寧靜居（居名寧靜以作紀念即將隨小生命之誕生而失去之安寧謐靜是也）大荒園荒廢日久，實有重整翻新之必要，吾妻特派余為工程總領導兼首席行動人員，負責前後花園之開闢及修葺。正所謂風流快活不長久。自此每日披星戴月荷鋤去，日落西山趕炊煙。

因果

神聖的耶和華及偉大的領導們曾曰：「勞動的人民是有福的。」一日，余正辛勤翻土，汗滴如雨之際，突來薰風一陣，清香流送。此香清新之中而有豔麗之氣，乍近還遠，若即若離。清淡處恍如玉環之新浴，濃豔中實似飛燕之春妝。令人如置身於舞榭歌臺，坐擁軟玉溫香，不覺如醉如癡。香出何處？實為大荒園前之玫瑰花香是也。寧靜居植有玫瑰花叢，花刺如針。雖無情花之劇毒，卻有中人欲醉之豔香。若非余辛勤工作，必不能發現此迷人美景。名之為「醉看情花」，寧靜居之第一景是也。

三絲炒飯／戰地軍車

八零年代我飄洋過海來到澳洲攻讀博士課程，與大部分留學生一樣，並不富裕。我運氣較好，可以靠獎學金和打打零工維持生計。不過當年仍然窮過蒙正，需要花費的娛樂消閒活動一概免問，連一日三餐亦絞盡腦汁。為了節省開支，常常是放兩個馬鈴薯進烤箱，待外皮烤得焦黃，湊以白開水，就成晚餐一頓。

室友 Roger 是個金髮帥氣小子，他在 Kraft 食品公司工作，偶爾帶回一些次等肉碎。本來是寵物的佐食，卻變成我晚宴的佳餚。人窮志短，竟與動物爭食，思之可笑焉。不過艱苦的日子倒令人特別有才情。閒時寫就了《三絲炒飯》一文。重讀之下，回憶澎湃。

留學早期我賴以行走的交通工具是一輛二手腳踏車。在多年的疲勞工作下，已有弱體不支的跡象。最後毅然決定將節省下來的積蓄購置二手車一輛，當一回車主，顯擺一下。說二手是抬高它身價了。這輛車也不知蟬曳殘聲過幾枝了。擁有汽車後我在留學生圈子裏瞬間變成紅人，綽號柴可夫斯基（司機）。《戰地軍車》一文即當年紀念寶貝車之作。

三絲炒飯

夫民以食為天。昔者項羽，設宴鴻門。漢王劉邦，冒死前往。不知者謂其壯士肝膽。實則為食指大動，動而不止，故不能不往也。由此觀之，食之一事，可謂大矣！

飲食之道，而所以為要者四，曰：氣、味、色、時。常人論食，只重氣、味、色，獨缺時者，是為淺見。蓋食之有味、有色、有香，皆因時而致也。

余年少時負笈澳洲，身無分文。唯天資過人，融會中西文化，首創新式三絲炒飯一道。多年來敝帚自珍。今憶及千萬窮苦之旅澳華人，故特公之同好，造福世人。該飯造法如下：

馬鈴薯，洋蔥各一。甘筍少許，切絲。置於鍋中，加水（免油）。煮至半熟，加飯、生抽或鹽。炒至白煙氤氳，香味四溢即可。惟此炒飯之色、香、味獨特，必於正常晚膳時間後兩小時食之方覺。此其時者，飯之甘香，配料之鮮甜，即心能嘗之，口能甘之矣！

此飯特合經濟原則，窮酸措大，食之必更心曠神怡。實為飲食中之尤物。餘得此法，實上天厚我也。

戰地軍車

澳洲幅員廣闊，地大人稀，盛產袋鼠。袋鼠之可以橫行澳洲，蓋因其擁有一雙力量強大之鼠腿是也。從南至北，由東走西，瞬間可至。實有助於四出覓食。余非鼠輩，欲縱橫澳洲，唯有借助機械之力量矣。旅澳期間購得代步房車一部，以形格論之，實為佳駟。七二年澳產荷頓（Holden）牌名車，車身穩重。內置功能有自然空調系統、健美強身超重駕駛盤、不伸縮天線靜音收錄音機、新款裂痕型標版設計，古典優雅。外設全新光滑車輪四個、已毀前後保護杠兩條、碎花鏽漬圖案數組，秀麗可人。

此車老而彌堅，食油量可靠，實有廉頗之風。引擎聲如洪鐘、如裂帛。騎此車造訪親朋友好，人未到車響先聞。親友定必早開大門，倒屣相迎。偶或購物出巡，街上各車必以敬老之禮相待。紛紛趕前開路。余所受所感之敬重榮顯，實未之有也。坐此車有如戰地總兵巡查三軍，於大後方指揮馳騁。故譽之為戰地軍車，以表殊榮。

來吧，帶你去釣魚

爸爸和太太對釣魚趨之若鶩，一個是漁狂，一個是漁癡。我愛魚而不喜漁，是君子，所以遠庖廚。打算買一間在海邊的渡假屋，但泰國清邁的海嘯陰影猶在；那就湖邊好了，碰巧澳洲大旱，湖水都乾涸見底了，還有魚嗎？千辛萬苦，終於找到了這棟建於高地、臨河靠海、近山傍林的房子。白首漁翁和深閨漁婦都樂了。

在中國，去到哪里都是與人有關的印記和文化的韻味。在澳洲只要離開城區，看到的都是動物的足跡，感受到的是大自然的氣息。

從家裏出發去渡假屋需要接近兩小時的車程。不過我保證，這段旅程你不會覺得長。關掉手機，帶上太陽鏡，來吧，讓我們出發。

高速公路的車輛並不多，可以盡情馳騁，好好享受速度帶來的快感。車內播放著《Take me home, country road》和《The green green grass of home》，鄉村音樂當然是旅途的首選。當你還沉醉在約翰丹華和湯鐘斯自然而不加修飾的嗓音裏，三十分鐘的高速之旅就已走完了。接下來是風光旖旎的鄉間小路。

總要在 Koo Wee Rup 小鎮停靠一下。這地名根本譯不了中文，因為只是一些聲音的組合。澳洲很多地名都古怪，不是英文，而是原住民的土著語言。小鎮有一間小咖啡屋，出售小杯的 espresso 咖啡和小吃，停下來當然是為饕餮。

出了小鎮，就是一望無際的青草地。「天蒼蒼，野茫茫，風吹草低見牛羊。」不過這裏沒有大漠風光。天是藍的，草是綠的，暖風徐徐。草並不高，長高了就收割下來，作為牛羊過冬的糧食。跟你打賭，草地上有八十八頭牛和一千四百六十六頭羊，不信？你數數去。

過沒多遠，會見到一排一排的高大松樹，形成天然擋風牆。再往後是一圈略矮的樹木，圍繞著一幢平實樸素的房子。冬天你還會望到縷縷青煙從屋頂的煙囪升起。這可不是炊煙啊，是房子的主人，一對老夫婦，圍坐在壁爐旁，點燃了木柴取暖。他們的時間比我們慢，一年只等著做一件事，就是預備好耶誕節兒孫回來團聚的盛宴。

草是一色的青綠，不過樹的綠就不一樣了，有翠綠、深綠、暗綠、灰綠，只缺了慘綠色。慘綠這個詞屬於人類，並非大自然所有。綠，是樹木衣服的顏色，是樹葉把樹包裝起來，一叢叢、一圈圈。看多了似乎千篇一律，其實每棵樹都有自己的風姿神韻，待到樹葉落盡，從樹幹分出來的枝丫，有的挺拔向上，有的橫空而出，有的伸展開擁抱著穹蒼大地，各自不同，這才是樹的本色。

財富、名譽、地位、工作、樣貌……如同樹葉一樣，是我們努力裝飾起來，展現給別人看的顏色。本色呢？在哪里？

松鼠棲息於樹幹的洞穴中，低一點的留給兔子一家，小狐狸就要挑大的來住；鳥兒把窩築在樹枝的高處，圖一份清靜。冬天樹葉都落了，失去了遮風擋雨的屏障，鳥兒怎麼辦呢？到我家的屋簷來，和寄居屋頂的果子狸做鄰居吧，相信牠們不介意。經過尤加利樹的時候，不要忘記尋找可愛的小樹熊（Koala）。袋熊（wobat）是最討厭的，在我家屋底挖了很多隧道。不過細心想想，是我把房子建在牠們的家園上，怪得了誰！袋鼠最不遵守交通規則，開車撞到牠，必定兩敗俱傷。

學畫畫，就從天和海開始。雖然都是藍色，但天的藍是蔚藍，海的藍是湛藍。無論水彩或者油彩，都沒有這兩種顏色。那就自己調吧！澳洲的天空可以是純粹的一片藍，但無雲的天空，總嫌不夠完美。積雲是一團團的，不好看；整片的層雲，把藍天都遮蔽了；柔絲般的卷雲就最合襯。住在稠密的城市裏，哪有閒暇看天上雲卷雲舒呢？回到童年時望著天空發呆的日子，看著不斷變幻的白雲，思緒隨微風飄到一片安詳的秘境。偶爾飛過的鳥兒，給寧靜的畫面增添些許動感。天空的畫作完成了。

海要怎樣構圖呢？簡單，畫上海天盡頭的夕陽和炫目的金光。太陽鏡戴上了吧？

目的地到了，我不是說了嗎，這段旅程不長。時間尚早，不忙著回家，先到河邊試試運氣。

一老一少兩個漁迷可興奮了，上餌的上餌，下竿的下竿。他們釣的是一尾尾的海鹹河淡，我不釣魚，釣一江秋月春風！

我們的戰爭

在澳洲哪些生物最危險？你們大概猜不到。

答案是：有毒的水母、鱷魚、紅背蜘蛛、毒蛇，海中稱霸的是大白鯊。不夠多嗎？那石頭魚也算上吧，偽裝，讓牠成為隱藏的敵人。獅子老虎呢？沒有。豺狼野豹？也沒有。「池中無魚蝦為大」，陸地上稱王的便是澳洲野狗（dingo）。真的嗎？假的就是騙你的。

澳洲是一個幸運的國度，當大陸板塊漂移時，兇猛的野獸剛好都在其他地方開會。所以向南漂流的這塊大地就瀟灑地離去，只帶走天邊的雲彩。

正因為缺乏猛獸，呆萌的樹熊和溫馴的袋鼠才得以生存下來，牛羊也長得特別肥大，只因沒有了受襲擊的心理負擔。日本的「和牛」自從一九九九年落戶澳洲後，在這片沃土上生長得更出類拔萃，其聲譽已淩駕于牠日本的同類了。

澳洲吃素的動物也特別多。果子狸便是其中之一，牠們喜歡住在屋頂的夾層中，我家房頂就有牠們祖孫三代同堂。袋熊也不吃肉，手短腳短尾巴短，身體特別笨重，在競步賽中只贏得了烏龜和螞蟻。不過袋熊卻是全世界唯一能排出方形便便的生物。牠的生理結構吸引了不少科學家的關注。袋熊性好挖洞，屋底當然是宜室宜家了。

我的渡假屋四周樹木蘢蔥，鳥語花香。後院有木頭搭建的大陽臺，一杯濃茶，一本書，伴著陽光和清風，足夠人消磨一整天。陽臺的建築形似重慶的吊腳樓，用數條木柱鋼架支撐著。下面的空間剛好用來停放已退役的大篷車（caravan）。

每逢長週末或假期，我們都會來渡假屋住上好幾天。河邊釣釣魚，海邊散散步，在森林裏蹓躂一下。剛入伙的第一個耶誕節，恰好有朋自海外來，老少婦孺風風火火地在屋裏屋外擺開了陣勢。兩棵樹中間掛上了吊床，草地上放好燒烤爐，小孩在為橡皮艇充氣，預備去河邊玩水。

忙亂的當口，朋友突然發現大篷車底下多了一個洞，旁邊有一堆新鮮泥土，不用猜肯定是袋熊挖的。

家園遭到入侵，大家都緊張起來，立刻成立臨時軍事委員會，宣佈進入作戰狀態，誓要把敵人趕走。朋友的孩子也不肯去玩了，嚷著要入伍，並肩作戰。

軍師獻計，先以水攻，把洞淹了。我們在渡假屋建有收集雨水的大型儲水箱，不會浪費資源。可是水箱的水都放了一半了，沒有絲毫動靜。總得留一點水來沖廁所吧，首戰於是宣告失敗。

朋友說，水淹不成，改作火熏。在洞口點起了枯木和燒烤炭，搬來電風扇，心想濃煙總能把袋熊趕出來。各人手握棍棒掃帚，驅敵的路線也已計畫好了。隨著時間過去，興奮的心情變成失望沮喪。上網一查，原來袋熊挖的隧道可以長達三十米，我方再度無功而退。

那就只能圍困了，斷水斷糧，讓牠坐以待斃。先用木板擋住洞口，上面覆蓋磚頭碎石，看你往哪里逃！此計應萬無一失，各人遂安心尋歡作樂去也。

不料第二天起來，在停車的泥地上赫然發現又一個寬約盈尺的洞口。挖隧道本就是袋熊的看家本領，圍攻終究敵不過牠的地道戰。趕忙買來水泥沙石，把洞口封死，指望牠知道自己不受歡迎，不再來犯吧？

過不了幾天，左面的屋角又被突破了，堵死牠。戰爭已從我方進攻變成被動防守了。沒多久，樹叢中也發現敵蹤。戰線不斷擴大，袋熊採取的是遊擊戰術。軍事委員會召開緊急會議，我方已彈盡糧絕，苦無對策，這一戰，完敗。

在澳洲出生長大的兒子一直冷眼旁觀，沒有參與這場人獸大戰，這時終於發言了：

「老爸，有沒有想過發動戰爭的其實是我們？這森林本來就是袋熊的家園，我們才是入侵的敵人，硬把房子蓋在牠們土地上，就如當年英國人侵佔澳洲土著人的土地一樣。珍惜大自然的一切，和平共處吧。」

原來世界上最危險的生物，是人類！

慘勝的一役

澳洲的果蠅世界聞名，體積大如蜜蜂，視力又不佳，隨時會闖進你張大的嘴巴裏。打呵欠時記得掩著嘴，禮貌還是次要，防禦才是目的。不過果蠅整天在水果和花叢中打轉，乾淨衛生，吃進肚內，多了一份精美的蛋白質而已，不礙事。

澳洲有一種帽子，帽簷四周吊著酒瓶的木塞，為的就是驅趕果蠅。不過在河邊釣魚的話，這種裝備是遠遠不夠的。必得要買一個連著紗網的帽子，把頭頸的前後左右全面遮蓋，防的是草蚊。尤其在清晨和黃昏時分，儘管朝陽與落日的景色壯闊，但要是為了無遮無擋的觀看大自然美景而不加防範的話，被蚊子叮上了，痕癢固然受罪，面上長幾個大包，顏值指數立時銳跌。當年昭君出塞，抱著琵琶半遮面外，頭上還得蒙一片輕紗，不知者以為加添一份神祕美感來取悅番王，其實是塞外多蚊蠅之故也。

澳洲上空的臭氧層穿了一個洞，紫外線特別厲害，澳洲人又熱愛日光浴，所以患皮膚癌的不少。帽子的作用除了遮陽防癌，驅蠅趕蚊外，還有另外一種重要的功能。

中國八十年代已經開始宣傳五講四美三熱愛，包括了行為美和講衛生。天空上自由翱翔的飛鳥顯然還未進化到這個階段。我們也沒有為鳥兒設立公共衛生間，一旦鳥有三急，就只能隨時、隨地、隨意地釋放身體內的穢物。你碰巧走過路過，會否幸運地錯過中頭獎的機會呢？只有天曉得。戴上頂帽子，就萬無一失了。

澳洲的一種巨型螞蟻（jumper jack ant）是跳高和跳遠能手，牠不咬人，但會用雙顎扣緊，身體扭動，然後探出尾部的毒針。如果你被刺到，又對毒素敏感，隨時可能致命。想見識一下牠們的厲害嗎？歡迎來我的渡假屋，附近草地上多的是。

遇上巨蟻，打不過，還可以逃。要是遇上澳洲的大馬蜂，千萬不要去招惹牠。馬蜂最講究團隊精神，攻擊時，你就知道甚麼叫一窩蜂了，插翅也難逃。澳洲馬蜂還有一種特別的嗜好，喜歡安家在建築物上。

我家渡假屋的陽臺放置了兩張沙發床，方便我們夜觀天象，臥看參商。離開時用布蓋好，防雨又防塵。連續幾個月都俗務纏身，終於偷得半日閒，去渡假屋享受一下人生。沙發的蓋布下偶然飛出了幾只大果蠅，不對，果蠅是不會聚居的。

「Oh my gosh! Wasps！是馬蜂！」太太石破天驚的一聲尖叫，差點震碎了落地玻璃窗。竟然尋釁生事到老虎頭上來了，那還了得！

金黃欲滴的天然蜂蜜沖昏了我這個吃貨的頭腦，男人又特別喜歡扮英雄充好漢，立馬決定來一場驅蜂后、奪蜂巢的人蜂大戰。我足蹬橡皮水靴，手戴牛皮護套；秋褲、牛仔褲、運動褲內外兼顧；內衣、棉衣、外衣三層戰甲護身。防蚊蠅的紗網帽這次大派用場了，把太太的那一頂也戴上，外加兒子帥氣的棒球帽。以眼鏡作護目，掃帚作戰戈。英明神武、豪氣幹雲、鐵甲金盔、千蜂難敵，何敗之有！

打擂臺是三分鐘一個回合。我甫踏入戰場，敵方只派出十數名偵察兵，在電光火石之間，兩只馬蜂已鑽進了我第一層紗網之中，在耳間嗡嗡作響。半回合不到，我已落荒而逃。慌不擇路，從陽臺的樓梯滾了下去。足踝扭傷了，但仍只可忍痛小跑，逃離險境。還要死命的朝自己的頭臉狠打，直至面腫聲寂，才敢偷偷的從後門回家。英雄落難變狗熊，好漢慘似喪家犬。

太太趕緊打電話找專業的滅蜂公司求救。結果出動了特效的滅蜂噴霧，在擊殺馬蜂同時，蜂巢亦被污染了。這次不單損兵折將，還一無所獲。

是役，慘勝！

人類與其他生物的關係，究竟是敵是友呢？為了征服大自然而作出的破壞，是我們優化生活的一種進步，抑或逐漸走向自取滅亡？渡假屋帶給我歡樂，也讓我對生活的態度重新作出審視和反思。珍惜生存的權利，尊重大自然，善待所有生物，也許才是和諧共存的正確考慮。

午夜來客

我們一家都蠻喜歡剛搬進來的這所新居，對面是一個高爾夫球場。客廳、偏廳和主人房的落地玻璃窗面對著這一片青綠蒼翠，讓人心曠神怡。買這房子時，除了喜歡它的景色外，也因為它寬敞開揚。房子分成前後兩進，主睡房在最前面，兒子的房間則是近後院的最後一間，相隔好一段距離，名副其實的一屋兩天地，各自各精彩。房間、客廳、飯廳都安裝了對講機，平時簡短的溝通就用這個內部聯網進行，避免了上下奔走，也無需聲嘶力竭。房子的設計留給兒子足夠的私人空間，盼著他在比翼雙飛前守在我們身邊的時間長一點。

能如此舒適和親近大自然，是因為澳洲地廣人稀；我輾轉定居此地，實屬天意。

家在日間是相當寧靜的，只聽到鳥語天籟。晚上更加靜得有點怕人，除了風聲蟲鳴，唯剩寂靜了。

我是個夜貓子，這天深夜在看有關日本武士道的一本書《岩流島後的宮本武藏》。正看得入迷，忽聞屋頂有細碎的腳步聲，步履輕盈迅捷，莫非忍者飛賊來襲？兒子一直在學中國武術，家裏備了一條齊眉棍，我趕忙抄上手。看來一場華夏功夫對決東瀛忍術大戰，將一觸即發。我屏息靜氣，全神貫注，嘗試估量敵人的正確位置。正當氣沉丹田、嚴陣以待時，響聲卻倏然而止，萬籟又復歸沉寂。

敢情是我武俠小說看多了，有點幻聽妄想吧？還是早點安歇好了。

一宿無話，翌日，我家照常營業。上班的上班，下廚的下廚，上學的上學。晚飯後來個家庭樂電影，看的是《畫皮》。趙薇漂亮周迅俏、子丹武功不得了。兒子喜歡他舞動大刀的姿態，帥氣！散場後時間還早，我繼續追看宮本武藏與霞右太衛門的決鬥，不覺又至深宵。怪異的事情總是在月暗星稀、夜闌人靜時發生的。

小說正讀到要緊處，忽見書房門口一人赤著腳，披頭散髮——是太太滿面驚惶地來找我。

「趕緊來，臥室裏有很恐怖的聲音，把我吵醒了。好像鬼爪在挖牆壁，一下一下的，好怕人！

你買房子時，有沒有查清楚這是不是一棟 haunted house（鬼屋）呀？難怪我們一還價，房東就立即接受，也不回價就賣給我們了，這次虧大了！」

一向精打細算的太太，總能找到人家佔便宜的地方。

那些猛鬼作祟、夜半回魂的恐怖故事聽得多了。真耶？假耶？信不信由你。不過，對於超自然力量和神祕不可解的事情，我們曾經有過一段親身經歷，所以太太雖然受驚，但還算鎮定。

當我去到睡房時，怪聲又沒有了。

「大概是鄰家兩個小鬼搞的玩意。前幾天我看到他們偷偷摘我家院子樹上的檸檬，罵了他們幾句，就想出這些花樣來報復。明天我就找他家長說去，肯定是這樣！睡吧，別多想了。」

在我部門工作的，女性占了大多數，而且都是澳洲本地人。每天下午三點半的咖啡時間，閒談總離不開張家短李家長。這些話題我平時根本插不上嘴，今天總算有發揮的機會了。添油加醋地把這幾晚發生的事情敘述了一遍，我還滿腔保家衛國男子氣概地大聲說，放工回家就找鄰居理論去。

大家聽後反應並不如我想像中熱烈。迪奧香水的忠實擁躉，香飄十里豔迷眾生的女同事夢妮嘉嗲聲嗲氣地問：「先不忙著，我親愛的，你家附近是不是有很多大樹呀？」

我面上雖然堆著微笑，內心卻忖道，廢話，哪有沒長樹的高爾夫球場?!

我的助理碧翠絲也插進話來：「我想是果子狸在你家屋頂築窩了。我有個捉果子狸的籠子，明天借給你用。不過果子狸是受保護的動物，你要把牠帶到五公里外才可放掉，太近了牠們認路，又回到你家裏去。」

望著一臉尷尬的我，閒時就參加保護動物協會義工的珍妮花柔聲道：「其實送走了也不一定管用，其他的果子狸是會來填補這個空缺的。嘗試和牠們共處吧，這些小動物都很善良，不會帶給你傷害的。牠們討厭聲音和光，真的受不了就在牠們築窩的地方安裝一些發光發聲的設施好了。」

受教了，親近大自然是要付出代價的。來到一個新的國度，要學習的可真不少啊！

幾年後裝修房子，裝修工人說我家的屋頂有三個果子狸窩，前、後、中間各一個。工人問我們晚上為甚麼沒聽到牠們活動的聲音？我想這些年來，已習慣了與小獸們一起生活，對這些不速之客發出的怪聲早已充耳不聞了。

最後的一夜

擁有這個房子已經十二年了，雖然不捨，但年紀大了，沒能力打理，今天終於決定要出售。往壁爐裏添了木柴，沒有開燈，一個人靜靜地懷緬著過去的一切。

這十二年中，來訪的日子加起來總共也不超過十二個月。妳就像一個戀愛中的少女，每天等待著心上人的造訪。花開了又謝，屋樑上的燕子，去了又來。明媚的春光，炎熱的夏日，傷感的秋天，蕭索的寒冬，四季恒常的變換，日月不停輪替，這四千多個孤單的日夜，悄悄地為妳披上了一襲滄桑的輕紗。

記得第一次見面時，就已經深深的喜歡妳了。妳羞澀、文靜地幽居於這座青山綠水的隱秘小森林內。汽車駛進小徑，爬過小斜坡的頂端後往下滑時，才赫然發現了妳的存在。簡樸平實的淺黃散發著青春和活力，藍和白是含蓄純潔的化身，驟覺就像處身於天空的倒影之中。沒有鮮豔的玫瑰和誘人的蘭花，在屬於妳的小森林裏只有一叢原始純樸的瓦拉塔（Waratah）。

還記得這第一次的相遇嗎？那天，我已為妳的風致傾倒著迷。戀愛的季節悄悄降臨了！我在契約上書寫名字，承諾會好好的照顧妳，不管是陽光燦爛或者風霜雨雪，我們都會一起渡過。妳的心，也默默地應允了對我一生的守候。

春天的草地是青綠和柔軟的，小森林裏沒有花香，不過草也是有香味的，滿載生氣。這裏的鳥兒最懂歌唱，清脆婉轉，而且穿得特別漂亮，藍的、綠的、黃的。偏著頭，好奇的斜視著，亮晶晶的眼睛眨也不眨一下。我隨意的躺在小森林的草地上，一本書，一杯咖啡，讓春光灑我一面朝氣，讓草香送我一身青蔥。妳總是含情默默的望著這位妳愛著的翩翩少年，享受明媚的春天。

夏日驕陽肆虐，去海灘漫步吧，那裏有清涼的海風；到林間徐行，那裏有遮陽的樹蔭。不！我還是喜歡待在妳身旁，來一個戶外淋浴。晶瑩清冽的冷水從蓮蓬中淋到我頭上，流到了腳下，濺起的水滴在陽光中幻化出絢麗，像彩虹。我的每一寸肌膚都盡情地享受著水和光的洗禮。妳仰慕我強壯的身軀，帶著不可一世又任性淘氣的驕傲。

秋夜總是溫柔的，在星光繾綣的夜空下，我們在涼臺，靜待斗轉星移，眷戀著銀漢相會。但秋天也是蕭索悲涼的。「秋風清，秋月明，落葉聚還散，寒鴉棲複驚，相知相見知何日？此時此地難為情！」秋天總讓人想起衰敗和離別，靜謐的秋夜，多情又浪漫，美得讓人傷感和惆悵。妳最不喜歡我這種悲觀情緒，妳悄悄的，一言不發，令秋夜顯得更深沉了。在微弱的星光下，我看著已失去往日光澤的雙手，不禁輕聲歎喟：「銀髮又添幾許，秋愁總比酒濃！」

冬天雖然沒下雪，但仍然冷得令人難耐。我回到室內，依偎在妳的懷中，要的是一點慰藉和溫暖。木柴在壁爐裏劈劈啪啪地燃燒著，我怔怔地望著神祕妖豔的火焰出神，往事一幕幕重現心頭。回想當時年少青衫薄，春風得意馬蹄輕。初相識時，對妳的美態驚豔！中年豪情壯志、捭闔縱橫，渴求著妳的仰慕和敬佩。名利場上走了一圈，天命已知，平靜的心卻仍舊迷戀妳的溫柔。垂暮之年，世事如浮雲，看透了人生的跌宕，累了，只想在妳處找一個溫暖的安樂窩。

想著，想著，突然感覺寒氣襲來，不由得打了個哆嗦，原來爐火已燼，冰冷把我帶回現實世界中。屋頂的油漆剝落，室外的樑柱也有一些枯朽，小森林雜亂無章，草地長滿了野草，野兔在地上挖了一個個小洞，籬笆也給袋熊推倒了，蜜蜂在涼臺上築了巢，蜘蛛肆意地在牆角織了網。

與妳一起的時候，我總貪婪地索取著希望得到的一切，卻忘記了對妳的關愛和應該付出的責任，到現在又已無能為力了。與妳的離別是我的寡情薄義，還是人性本就自私無情？我忍不住大哭了一場，整個人像虛脫了一樣。是懊惱、眷戀、遺憾？是失望、自責、後悔？是隨緣、解脫、釋然？

「明月不諳離恨苦，斜光到曉穿朱戶。」在迷迷糊糊中我們渡過了這最後的一夜。人生中每一段情感，都會有完結落幕的一天，如柴盡火滅，如油盡燈枯。

遊子

我們同居的日子（一）——愛之初體驗

我愛蘇菲亞，一頭長長的金髮，配上藍眼睛，活脫脫的芭比娃娃。一百八十公分高挑苗條的身材，可以兼職模特兒天橋走秀。鵝蛋臉，高鼻樑，桃紅色的雙唇點綴著不大不小的嘴巴。白皙嫩滑的皮膚，好像朋友煮的燉蛋一樣，吹彈可破。嗓音低沉沙啞，媲美名伶徐柳仙。可惜讀的是西洋戲劇系，只能扮演老年茶花女。坐下時可以補救一下身高，不吭聲說話，也絕對稱得上美女一名了。

我也愛羅傑，淺紅近金色的頭髮，深棕色的眼珠，明亮又有神采。一百七十公分的身高，籃球決計不是他的專長。不過他酷愛跑步健身，渾身肌肉結實，標準的運動員身材。國字面的人，性格最老實忠誠。羅傑生長於藍天碧海的昆士蘭州，自然是一個活潑開朗，永遠笑臉迎人的陽光小子。可惜矮了點，不過要像蘇菲亞一樣坐下來，亦是俊男一名。

當年的我二十六歲，比羅傑大兩歲，羅傑又比蘇菲亞年長兩歲。我有一頭柔順的黑髮，臉型不方不圓，一看就是心慈手軟的有福之人。身高適中，也在兩人之間。樣貌身材無需多言，反正與俊男美女的標準還有著難以逾越的一小截距離。顏值不夠，才華來湊，我想成為滿腹經綸的學者，剛開始攻讀博士學位的第一年。

緣份是不能預測的。難得蘇菲亞和羅傑都不嫌棄我，於是開啟了三人的同居生活。

所謂同居，其實就是合租一棟房子共住。我初抵澳洲的第一件大事就是找住所。像我這種財富在心中而不在口袋裏的窮酸措大，大學宿舍和公寓是負擔不起的。只能採用分租共住的模式。找了好幾處有空房出租的人家，不是嫌我長得寒磣，就是怕我交不起房租。直到遇上了蘇菲亞和羅傑，三方一見鍾情。

蘇菲亞靠兼職打零工維生。羅傑剛畢業出來工作，從低做起，收入菲薄。我就倚賴著大學提供的獎學金和免費的空氣來維持生命。所以我們同居三人的關係絕對不是建立在金錢之上，唯一解釋，只能是愛，讓我們走到一起。

外國人一早就將「愛」普及化了，出門時來個擁抱，面頰親一親，說聲再見的同時附帶一句 I love you。我愛你都成了口頭禪。而我那個年代的中國人則恰恰相反，將愛昇華到與喜馬拉雅山同樣的高度，輕易不將這個字說出口。對父母，甚至女朋友，我都沒有說過我愛你。但來到澳洲，就算是在超市剛認識的大媽，也會因為你讓路而親切得像你親媽一樣對你說：「謝謝甜心，我愛你！」先生女士兄弟姐妹，無分大小老幼，一律 I love you。

入鄉隨俗，我得好好地把握這個機會，對愛的觀念重新認知，重新體驗。來吧，就讓我一次愛個夠！

我們同居的日子（二）——甜蜜的愛巢

我們住在金寶街85號，一排相連的兩層高舊房子的其中一棟。房子的年份對只有兩百多年歷史的澳洲來說，是可以整棟納入歷史博物館的。金寶街是條死巷，85號位於街的盡頭，甚少車輛經過，所以很寧靜。而且與墨爾本大學僅一街之隔，我走路回校，十分方便。金寶街在卡爾頓（Carlton）區，這區當年是貧民窟，住的是失落的一群，包括失業的酒鬼，失婚的單身人士，失偶的孤獨老人，失學的嬉皮士；當然還有我們三個沒啥可失的窮光蛋。

週末是這條街最熱鬧的時候，尤其天氣好的日子，每家每戶的門都開著，唱機大聲播放著搖滾樂，來個夏日嘉年華。

沒工作的人缺錢，但不缺啤酒，大家也不吝嗇，喝完你的，還有我的。反正失業救濟金用來買酒尚且足夠。碰巧遇上足球賽事，家裏的老爺電視機都抬出來了，一陣陣的喝采、噓聲、鼓掌聲，此起彼落，路過的途人有時也會駐足圍觀，金寶街化身虛擬球場。坐輪椅的老人都有VIP席，佔據前座第一排。單身男女志不在觀賽，喁喁細語、打情罵俏的居多，一般都站在群眾的週邊。嬉皮士這一群最超然，身心皆處於參與、不參與之間。有拿著木結他低聲吟唱的，有打坐冥想的，也有不發一言、冷眼看著世間百態的，幕天席地，或坐或臥，吸著手卷的「煙葉」，散發出一陣陣奇異的甜香，混合他們衣服上的發霉氣味，就變成那種在舊電影院或者賣二手貨的古物件店裏的味道。

我們為了睦鄰，有時也加入一陣子，然後就找個藉口開溜。蘇菲亞有一個律師男友叫李察，週末是他們雷打不動的拍拖日。我和羅傑則相約去做運動或者看電影，把房子留給小情侶過二人世界。

兩層高的房子樓上有兩個房間，羅傑住在陽光充沛的前房，清早當第一線陽光射進房間，就是羅傑出門晨跑的時候，運動完了才上班。蘇菲亞住的後房的窗簾終年落下，不用上課上班的日子，房內晝夜不分。一個是晨起的百靈鳥，一個是守夜的貓頭鷹。我來得晚，只能住樓下。一樓也是兩室，前面客廳，後面的飯廳就權當我的臥室了。我攻讀的課程以做研究為主，不用上課。除了去圖書館和回校見導師外，基本都在家。有客來訪，應門的是我；午夜鈴響，接電話的也是我。當然一樓的灑掃整理、前後視察也免不了多擔待些，一人身兼門房、接線生、保安、保姆數職。

走廊盡頭是廚房，廚房外面就是後院了。古老房子的設計是浴廁分開的，浴室在樓上，廁所嘛，就在後院的最遠角落處。晚上和下雨天的日子，儘量少吃少喝；要如廁，不是打燈就得打傘。有一晚狂風暴雨，雷電交加，把後院那棵早已半死不活的大樹吹倒了，橫在院子中間。早上起來趕著上廁所，還得像孫大聖一樣，打個筋斗跳過去。

這個充斥著不同的聲音、氣味和色彩的地方，正是我們三個的同居愛巢。

我們同居的日子（三）——約會

李察長得很帥，風流倜儻，家境富裕，職業又是律師，喜歡品嘗義大利餐，喝上檔次的葡萄酒，聽古典音樂。換了我是個女的，也會成天思量如何以身相許。當然我家蘇菲亞也不差，還有成為演藝界明日之星的無限可能。正所謂金風玉露，天生一對，地設一雙。澳洲的夏天氣溫可達四十多攝氏度，李察週末造訪，更點起了熾熱的戀火，呆在家裏的話，我和羅傑都會受不了。

得知 Astor 電影院週末下午場有特價，放映的又是我們喜愛的舊片。雖然離家有點遠，坐電車單程也要一個小時。不管了，反正大把時間，而且學生車票半價。羅傑健談，一路上說說笑笑，就不覺得旅程難熬了。

這天我們看的是馬龍白蘭度首獲奧斯卡最佳男主角的《碼頭風雲》（On the Waterfront）。

「我喜歡馬龍白蘭度，在《教父》和《巴黎最後的探戈》中，他的內心戲發揮得淋漓盡致。想不到他精湛的演技竟然在這出早期的《碼頭風雲》裏已能看到。」我這個書癡兼吃貨，也是狂熱的電影迷。

「我也很欣賞馬龍白蘭度，他是第一個將斯坦尼斯拉夫斯基系統（Stanislavski system）中強調通過內在動機激發演員的情感經驗和潛意識行為的表演方法帶進主流的藝人。」羅傑繼續說，「在《教父》一片中，他把棉花塞進腮幫扮演的義大利黑社會老大十分傳神，再一次讓他問鼎奧斯卡金像獎。」

羅傑大學讀的是化工，但對電影藝術、繪畫和音樂都頗有研究。他教會了我更多欣賞電影的竅門，也引領我認識了當時澳洲流行音樂的風格和演變，讓我這個自以為博學多才的井蛙自慚形穢。澳洲的教育體制相容開放而又具啟發性，從小學開始就鼓勵學生學習多方面的知識，文學、音樂、繪畫、語言、運動，甚至政治、哲學等。只要學生有興趣，老師都會支持。這種全人教育的模式，後來成為我投身教育的中心理念。

跑步也是我們共同喜歡的運動，澳洲足球場是橢圓形的，有點像跑馬場。我腿長，跑三步，羅傑就得跑上四步。但奇怪的是，他跑完十個圈時，我只完成了八個。

有一次蘇菲亞和羅傑邀請我一起去跳高強度健身操，我讀書時都算得上是個運動健將，入水能游，出水能跳。心想健身操，還能強到哪？先來一輪熱身運動，快速跑、伏地挺身、仰臥起坐、心膝蹲跳，還未進入正場，我已汗如雨下，氣喘如牛。不到三十分鐘，當導師還在氣定神閒的號令各人「吐磨，溫磨」（two more, one more，還有兩次、一次）時，我已經癱倒在地「撈磨」（no more不行）了。

一周後他們又約我去做那時新興的有氧搏擊操，我還想活著離開澳洲，只有敬謝不敏了。

我們同居的日子（四）——確認過了，這眼神

舊房子日久失修，自然是鼠輩們築巢建窩的理想地點。人鼠攻防戰，時有發生。其實鑒古知今，鼠眾我寡，這場曠日持久的戰爭，人類從一開始就沒贏過。

蘇菲亞最怕老鼠，窗隙門縫，都封得死死的，讓鼠輩難越雷池半步。羅傑在房裏放了老鼠夾，三更夜半突然傳來啰嚓一聲，殲敵又增一名。我的臥室接近廚房，是最為慘烈的主戰場。書本、期刊雜誌、論文的草稿廢紙，鋪滿一地。我喜歡在夜闌人靜時工作，伴我的除了風聲、雨聲、讀書聲外，還有老鼠在書叢紙堆中嬉戲玩耍的歡鬧聲，真個是聲聲入耳。開始我還會憤起驅趕，不過這些不受歡迎的客人，過不了片刻，總又會回到牠們戀戀不捨的遊樂場來。苦無良策下，慢慢地我就聽之任之了。大家相安無事了好一陣子。

蘇菲亞的兼職工作取消了，不知誰給她出的主意，買來一大袋麵粉等零零碎碎，週末早上到市場去擺攤賣鬆餅，生意還蠻紅火的。

圖書館前的銅像英姿颯爽，可惜一身都佈滿了黃黃白白的鳥糞。我每次經過都會加快腳步，擔心被擊中。今日合該有事，我竟然就是那個幸運兒！命中註定，快步走也逃不過這淩空

一擊。於是只能折返，趕緊回家清理頭上又黃又綠的一坨難堪。一進門就聽到蘇菲亞在電話中向李察抱怨的聲音。蘇菲亞放在廚房的那袋麵粉被老鼠入侵了，在一片純白中留下深黑的斑斑點點，就像西施臉上長滿了痲子，既可惜又可怕。今天我和蘇菲亞都與糞有緣，兩人無奈地相對苦笑。

受了一天的驚嚇，晚飯後就早早睡去。我沒有床，朋友送了張舊床墊，鋪在地上湊合用。好夢方酣之際，突然聽到那熟悉的悉悉索索聲，朦朧中睜開眼睛，窗外幽秘的月光映照出牆上的一個巨大身影；在不遠處的書堆上面，有一雙水靈靈的小眼睛，含情脈脈的與我對望。

夜未央，牠，竟然就在這燈火闌珊處！

第二天一大早，同居三人組召開了臨時緊急會議。我們安居樂業、談情說愛的國度已進入最危險的時刻了，必須三人同心，共禦外侮；也總得讓牠們知道，我們是惹不起的。大會決議增購軍需物資，全面進入作戰狀態。我去買捕鼠器和老鼠夾，羅傑預備餅乾和乳酪作誘餌，蘇菲亞負責鼠藥。每日早、午、晚三班，我和羅傑負責查看機關陷阱，清理現場和彙報戰況，蘇菲亞怕鼠成狂，免役。皇天不負有心人，幾天下來，戰果累累，我們已然看到勝利的曙光了。

週末李察加班，不能來探望他的蜜糖兒。我和羅傑就趁這個空檔，在客廳一面喝咖啡，一面欣賞 B. B. King 的藍調怨曲。突然，廚房裏傳出蘇菲亞鬼哭神號的尖叫，隨之是椅子翻倒，杯盤落地的動靜。我和羅傑立刻趕到廚房，看到赤紅如血的一幕。

渾身打顫、披頭散髮、面無人色，一手拿著餐刀，一手緊握叉子的蘇菲亞赤腳站在餐桌上。她個子高，頭頂都快碰到天花板了。地上的椅子橫七豎八，杯盤碎片紛飛，我剛買回來的一瓶番茄醬也打破了，弄得一地鮮紅，就像兇殺案現場一樣。魂飛魄散的蘇菲亞，惶恐地注視著門邊角落的冰箱，顫聲呢喃：「老鼠，大，大，大老鼠！」

我和羅傑隨手抄起牆角的掃帚和拖把，屏住呼吸，一步一步向著目標推進。說時遲那時快，突然一團黑色的物體從冰箱後面飛竄出來，向著後院的雜物櫃沖去。主角終於出場了。

碩鼠碩鼠，無食我黍！
逝將去汝，歸我樂土。[5]

身手矯健的羅傑一個飛身撲向後院，俯插而下，在將落未落之際，右手輕按地面，卸去身體下墜之勢，左手用盡全力將掃帚向著雜物櫃底直插（補充一句，羅傑是個左撇子）。當年的香港留學生十分崇拜功夫巨星李小龍，我也時常模仿他的武術動作，他強調的就是速度和勁度。我的拖把棍雖為後發，亦未能先至，但卻適時地配合掃帚的威力，斜刺裏封殺敵人的後路。簡單的一招一式，我們竟然制住了敵人！

這時，驚魂稍定的蘇菲亞趕緊拿來一瓶礦泉水和她新買的特效老鼠藥，說明書上說只要0.5

5 摘自《詩經・魏風》之《碩鼠》，原文為「碩鼠碩鼠，無食我黍……逝將去女，適彼樂土……」用現代語言改其數字，方便讀者望文生義。

克的份量，多大的老鼠都會一命歸西。

「快喂牠吃，有水，灌進去，對準嘴！」

「甚麼？我沒聽錯吧，老鼠藥現在吃？清水送服？蘇菲亞是給嚇傻了吧？」我皺著眉頭對羅傑說。

「好的蘇菲亞，給我拿個小勺子和量杯，還要一把刀，平時切牛肉大的那把。」羅傑肯定而權威地向蘇菲亞下達著指令，同時又對我扮了個鬼臉，輕聲道，「兄弟，女人在不理性時，千萬別爭辯，直接告訴她要做甚麼就好了。放心，我刀快，不會讓牠有甚麼痛苦的。」蘇菲亞果然沒有追問，趕緊去張羅我們要的東西。

正午的陽光灑遍了後院的每一個角落，我趁著這熱暖的光線向雜物櫃下的敵人投以最後一瞥，確認過了，那水靈靈的眼睛，是這眼神！

我們同居的日子（五）——灰姑娘的故事

蘇菲亞讀的是表演藝術，主修戲劇。其中當然少不了發源於十七世紀義大利佛羅倫斯（Florence，徐志摩將其譯成另一個浪漫的名字——翡冷翠），後普及全歐洲的歌劇。他們唱甚麼，我當然聽不懂。不過發音明亮厚重，高音清澈鏗鏘如雲雀展翅，低音沉穩有力，可比深海潛龍。當然這是一個比喻，聲音為甚麼可與鳥飛魚遊相提並論呢？那就得讀者自個兒推敲體會了。

我雖然不懂歌劇，但中學音樂課總是讓我們練習音階和發聲。老師在鋼琴上敲下一個音鍵，我們就得在這個基本音先上後下，以三度的音程練習。於是一時之間呀呀啊啊之聲不絕，有頑皮的同學戲弄年輕的音樂老師，特意唱跑調，為的就是等老師開罵。然後編出各種藉口，甚麼感冒喉嚨乾涸，午餐吃了辣椒，天生五音不全，昨夜和女友吵架等以博眾笑。

言歸正傳。這種音階練習對於讀戲劇的蘇菲亞來說是每日必修的功課。我早上起床不用鬧鐘，蘇菲亞半小時的音階練習總能在完成前及時把我喚醒。

這天我在朦朧中自然醒來，奇怪為甚麼沒聽到蘇菲亞吊嗓子呢？隱約傳來的卻是綿長不斷的哭聲。如泣如訴，從小而大，由啜泣最後轉為嚎啕大哭。能讓人如此傷心的，不是為錢就是為了情。我和蘇菲亞都是處於貧困線下的窮光蛋，每天為錢而發愁都習以為常了，絕沒有因此傷心流涕之理。我敢斷言，蘇菲亞肯定是情關受挫了。

我的早餐很簡單，香蕉切片放在麵包上，再加一杯即溶咖啡，就可以支撐到中午。當我正在細細咀嚼、集中精神去吸收這一上午的動力泉源時，穿著睡袍、雙眼紅腫、梨花帶雨的蘇菲亞也來到了廚房，希望靠咖啡因找回一點慰藉。

難題來了，我要作出何種反應呢？為避免尷尬，不能讓她知道我已看破她的心事。於是努力裝出一臉無知、疑惑不解的表情，但發自內心安慰鼓勵的感覺又通過微笑出賣了我。幸好蘇菲亞的眼神並沒有停留在我的臉上，她幽幽地望著面前的咖啡說：

「我們吵架了，他說要和我分手，我失戀了！」

「我想去散散心，琛，陪我走走，好嗎？」

本以為是到附近公園散步，不想蘇菲亞指的是開她那輛極速只有八十公里，座椅要用磚頭支撐的破車，去一百公里外的海灘閒逛。當然，君子一言既出，駟馬難追，我只有硬著頭皮上路了。

旅程開始，車的喘氣聲忽大忽小，水箱過熱時還要停下來稍作歇息，發動機幾次瀕臨罷工的邊緣。車內播著一出歌劇錄音，蘇菲亞一言不發，偶爾滴下的是溫熱的淚水。我則不敢多發一言，涔涔流下的是冰冷的汗水。

戀愛令人喪失理智，失戀更使人癲狂。不幸的，連累了我這名旁觀者。我們是否能安全抵達目的地？唯有聽神的旨意了。

陽光照射在湛藍的海面上，波光閃閃；一位金髮美女和一個俊男在沙灘漫步，喁喁細語，這畫面何等浪漫啊！不過當你知道俊男是在聽美女訴說與男友的戀愛故事，就不會羡慕這份福氣了。

蘇菲亞的故事，還是由她親自告訴我們吧。

「戲劇系每年都會舉辦一次大型表演，那年安排的是歌劇《茶花女》（La Traviata）。我還在讀大一，主角當然輪不到我，但我還是被選上了在第一幕男主角唱祝酒歌時，扮演嘉賓中的一位貴婦人。穿上金色長裙，戴著華麗的配飾（當然都是假的）；可能因為我身材高挑，而且義大利語的發音漂亮，老師竟然安排了一句我的獨唱。剛才在車上播放的就是那天的錄音。雖然只有幾個音節，但我永遠不會忘記自己成為所有觀眾焦點的那一刻。

「散場後，我們一班演員和同學一齊去喝酒慶祝。學姊帶來了幾個朋友，李察就是其中之一。藍襯衣、牛仔褲，談吐溫文爾雅。他的瀟脫和涵養比他英俊的外貌更吸引我。學姊說他是法律系高材生，應屆畢業，還未踏出校門已為一所跨國律師行羅致，做見習律師。父親是大法官，母親是著名的鋼琴演奏家。顯赫的家庭背景，李察簡直是天之驕子。

「琛，你也知道，我父母早已離異，我從小跟著在超市做售貨員的媽媽生活，家裏一貧如洗。雖然對李察很有好感，但自慚形穢。那晚我將自己隱藏在同學中，只偶爾偷看這眾人心中的白馬王子在同學間談笑風生的背影。

「到了曲終人散的時候，我還以為是錯覺，王子正朝著我的方向走過來。那晚我其實酒喝得不多，但當他真的站在我面前時，我全身發熱，手心冒汗，臉上也泛起了一片紅霞。

「我下個月的畢業舞會，能榮幸邀請你做我的舞伴嗎？」

「愛情來時是無聲無息的，也不會發佈預告。」

遠處的山丘上有一組散落的別墅，最漂亮的是一棟純白的。闊大的落地玻璃朝海，夕陽的景色可以盡收眼底。蘇菲亞告訴我那是李察家的物業。最上層的房間屋頂有一大片天窗，躺臥著，在深邃的星空中找尋南十字星和半人馬座。我現在才明白為甚麼蘇菲亞要大老遠跑來這個海灘了。

日落迷人，可惜總太短暫。蘇菲亞可能想像著現在她身邊的人是李察，而我，當然想像著身邊的不是蘇菲亞。海風吹得我倆都有一點涼意，回程吧。

蘇菲亞沒有告訴我她和李察爭吵的原因，我當然不會愚蠢到去刨根問底。男女間的恩怨愛恨總是灰色的，情苗會開出香花或結成苦果，只有當事人能體會、品嘗。

在回家的路上我一直祈禱，不是為了蘇菲亞，而是為了她的破車。黑夜中，荒野裏，車子如果拋錨，正是恐怖電影中怪異事件發生的背景。想想又嚇出一身冷汗。

又一個清晨，這回吵醒我的是電話鈴聲。當我還沒來得及穿衣下床，正在浴室的蘇菲亞大聲嚷著讓她來接聽。她身上裹著一條大毛巾，頭髮濕漉漉的從樓上飛奔下來。拿起電話，一陣哭一陣笑的。是白馬王子來電，終於雨過天青了。

一個月後，蘇菲亞向我們宣佈了她與李察的婚訊。她的愛情故事告訴我，灰姑娘不只是個童話，原來童話在現實中還是偶有發生的。

羅傑說墨爾本的天氣一天四季、變幻莫測，就像他女朋友的脾氣一樣難以應付，所以決定辭職歸故里，回到他陽光燦爛的昆士蘭去。

我們三人的同居生活就這樣結束了。不過這一年的時光卻值得我終生回味。

留學雜憶（一）——送別

人生總要有理想和追求。要追求就得行動；否則理想只是空談。為你遠大的理想定下里程碑，通過達成或長或短的目標來向著終點進發。就算最後因為各種原因未能達到，但在這段追求的過程中，一定會有豐盛的收穫。

從小我就喜歡看書，希望自己長大後做個有學識、有思想、有智慧的人。自知達成這樣的目標，必須學習。讀書和人生經歷都是學習的途徑。

進入大學這第一個目標，達到了。

七零年代和幾個相知相交的小學同學首次踏足中國大陸遊歷和流浪，算是見了一點世面。下一個目標呢？走出國門留學！

家中並不富裕，錢是最大的問題。但留學對於寒門子弟來說也並非全然不可能。感恩同桌的她，借給我筆記天書，僥倖能與她在畢業考試同登榜首，我才有資格申請博士課程的獎學金。

經過仔細研究，我發現澳洲的生活費比美、加和英國都低，而且可以打工，是最佳選擇。博士課程的錄取要看你的研究範圍是否具備重要性，還得有相關的導師願意收你為徒。切切實實地查閱了各間大學的資料和教授背景，不能無的放矢，務必兼具策略與針對性。最後選定上、中、下，不同水準層次的數間大學，投寄獎學金和入學申請。

本科畢業後，身邊的同學都找到了工作，而我還是處於漫長的等待中，焦慮和壓力越來越大。各間大學的錄取信陸續寄到了，但我要的是獎學金啊！當我收到里安・尼奧教授的一封信，歡迎我成為他的學生，並說很快就會收到好消息時，我簡直不敢相信，墨爾本大學將會是我實現理想的下一站。

生平我只坐過一次飛機，從廣州去桂林。還記得那次進入機艙後，我就不斷祈禱螺旋槳千萬不要中途停轉。機內的煙霧真的是乾冰發出的嗎？氣流令飛機上下顛簸，我臉上一直冒著汗，是冷汗。下機後馬上去預訂回程的火車票。

這回乘坐國際航班，不得了，更得好好預備一下。暈機藥是必需的，朋友說嘔吐袋機上有，不用帶；驅風油要隨身。聽說機上冷氣開得足，多穿件秋衣吧。

臨行前買了平生第一套西服，挑厚的面料，夏天忍著點，冬天就剛好。參考書占了行李的大部分重量，棉被只得隨後海運過去。我身強力壯，澳洲又正值夏天，睡覺不蓋被子應該沒問題。

當年的留學生絕對不能跟現在比，現在是結他、網球拍、電飯煲、晚禮服、睡前要親一下的毛公仔都托運了，手提電腦當然要手提上機啦（當年科技不發達，我用的還是打字機）！信用卡，金色的，放口袋。遺漏了東西不要緊，爸爸媽媽送過來。輕鬆瀟灑上機去。

可惜我出生得早，錯過了。

兩個不同的年代，也有相似的地方，那就是盛大的送別場面。家人、同學、朋友、老師、親戚，在機場成群結隊地簇擁著我這個准留學生。那時坐飛機出國可是大事啊，單人照、雙人照、團體照、親人組、朋友組、同學組……小強遲到了，再補一張合影。就差個新娘子，否則都可以拍結婚照了。

「到埗就發電報回來報平安，小心身體，多穿衣，不要病倒，記得吃飯呀，別老吃速食麵……」母親第十遍叮囑同樣的事情。

換了現在一些年輕人，肯定煩了。我總是笑著點頭，對媽媽的關愛，不嫌多。

「寫信回來，告訴我們澳洲的一切，我賺夠錢也來留學。」算了吧蹺課大王，要不是我慈悲為懷，不忍心告發你考試作弊，你還能畢業？

「寫信不如打電話啦，快郵也要兩星期，等到脖子都長呀！」

「少爺堅」家裏做生意，講話一向財大氣粗。長途電話多少錢一分鐘，你來付？況且真的要打電話也還輪不到你。

最捨不得的是剛熱戀的女朋友。在一片歡笑和告別聲中，只有她梨花帶雨，泣不成聲。我輕輕說：「我會每天給你寫信，打工有錢了就給你打電話。」她雖然有點半信半疑，但總算止住了哭聲。要走了，來個深情擁吻吧。想得美，那個年代風氣保守，特別是在公眾場合，那臨別一吻，只能通過眼神去完成了。

無論多熱鬧的盛宴，終歸也要落幕。離別的叮嚀和祝福溢滿了我腦海的每一個角落，帶來無限的溫暖和感動。終於要孤身上路了，面對的將會是陌生的一切、新的挑戰。所有熟悉的，即將成為過去，能帶走的，只是一份記憶和依戀。

黯然銷魂者，唯別而已矣！

踏入機場禁區時最後回首的一刻，世界好像突然停頓，四周寂靜無聲；離去的、送別的，臉上的笑意退散，畫面由清晰變得模糊，最後定格。

留學雜憶（二）——我的第一天

讀萬卷書不如行萬里路，知識和見識同樣重要。日常生活中，若能仔細觀察，用心思考，學到的不會比書本上的少。走出習以為常的舒適圈，嶄新的經歷能擴大個人視野，更讓你懂得如何在這個世界與其他人和諧相處，創造有意義的人生。

紛紛擾擾的機場送別式讓我處於亢奮的狀態中，精力亦在不知不覺中一點一滴流走。坐上飛機後，隨之而來的是一種虛脫感。合上眼睛，一張張親朋的笑臉就出現在腦海，但孤獨和空虛也接踵而至，使我無法入睡。

鄰座是一名澳洲中年男士，雙方禮貌地打了招呼，聊了幾句便各自閉目養神。後來坐飛機的次數多了，知道這是一種尊重個人精神空間的文化表現，比起為了禮貌而強迫自己努力地去扮親熱、攀家常的習慣更為舒適。

女朋友千叮萬囑我要做個君子，目不斜視，尤其是面對那些性感漂亮的外國小妞。這次乘坐澳航，空乘想來都是金髮碧眼、青春靚麗的女郎吧。還真是對我的一大考驗啊。

航班延誤了幾個小時，登機後不久晚餐時間就到了。給我送餐的的確是金頭髮、藍眼睛。不過是個比我至少大上十年的男士！莫非是全男班？好不容易發現穿著澳航制服的女乘務員了，但好像都有點超齡。女人的歲數是祕密，不敢問。其中一位應該是全機組最年輕的「空中阿姨」，走過來微笑問我要喝點甚麼。我點了可樂為自己慶祝，這第一關的君子考驗成功了嘛！

澳洲人對性別和年齡的歧視非常敏感。要是年紀成熟點就不能做空乘，那可是嚴重的侮辱。當然近年隨著國際化和市場年輕化的需求，航班上的乘務員已變成一支多語種、多文化的老、中、青混合團隊了。

還未踏上澳洲的國土，我已上了西方文化的一課。

昏昏沉沉地渡過了我在空中的第一晚，窗外的朝陽告訴我已進入另一個國度。很順利地通過了入境檢查，領取行李後趕緊去找往市區的公車。一出機場，熱氣迎面襲來。我貼身穿著兩件秋衣，還有襯衣和全套西服，這下真的是內外交煎了。後來才知道那天的氣溫高達攝氏四十四度，是澳洲全年最熱的一天。雖然極熱，我身上卻一點汗水也沒有。並非我冰肌玉骨，是澳洲乾燥的天氣把要冒出的汗水都蒸發掉了。

輪候機場大巴的隊伍可長了，但不是因為人多，而是排隊的人中間隔著很寬的距離。我們平時排隊是一個擠著一個的，儘量不浪費空間，更怕別人插隊。澳洲地廣人稀，絕對有條件讓每個人擁有寬裕的空間。講規範、守規矩更能增強人與人之間的互相信任，不用時時刻刻生活在精神緊張、處處防範的心理狀態下。在排隊這事上，直到如今，我每次回國或返澳都要重新適應。

第一次跟論文導師里安．尼奧教授見面，雖然還是大熱天氣，也得西裝革履，領帶襯衣正裝上陣，爭取留個好印象。敲開了教授辦公室的門，高高瘦瘦，頭髮稀疏，一臉慈祥的尼奧教授微笑著伸出手，向我表示歡迎。他的外形、氣派和風度與我心目中的西方教授形象完全匹配，不匹配的是衣著。只見他一身T恤、休閒褲、涼鞋，顯然我的裝扮比他更像一位教授。

中國人講究師道尊嚴，我還是彎身作一淺揖，然後趨前握手，送上準備好的一份見面禮。

「尼奧教授，感謝您接受我為你的學生。我資質愚魯，不過能以勤補拙。以後的日子，在您的指導下，我會勤奮學習，爭取儘快完成研究，做出成果。」雖然英語生硬了點，但覺得自己的這一番話，說得還是很體面的。

「你太拘謹了，直接叫我的名字里安吧。所有人，包括我的寶貝兒子，都是這樣稱呼我的。澳洲人習慣叫名字，比較親切。多謝你的禮物，但我不能接受。一來大學不容許，而且我是你的老師，指導你是我的職責所在。你的課題我很感興趣，大家一起研究吧。

對了，澳洲比較平民化，也不講究階級。我們很少穿西服，你的這套西服很漂亮，可以留待畢業典禮時再穿。不要只顧著讀書和研究，多交朋友，多瞭解這裏的文化和生活，這樣才有一個完整的留學體驗。」教授輕鬆而又帶深意地對我說。

從登機的那一刻起，新的學習之旅就揭開了帷幕。在不斷觀察、分析、思考和實踐的過程中累積成果，從而鑄造新的自我。理想雖還在遠方，但大大小小的目標已實現了不少。

初見里安的那天，也是我最後一次穿那套新西服。博士畢業典禮時，我已經找到工作，買了一套同樣漂亮的西裝，而且是適合夏天穿的。

留學雜憶（三）——街頭賣唱

臺灣的淡水是我很喜歡去的一個地方。租一輛自行車，沿著淡水河岸漫遊，感受臺灣特有的文藝氣息。兒子和我各買一個超大型軟雪糕，二呎高的，一共有三十二個轉。兒子要粉紅色的草莓味，我是香草味的忠實支持者。還有炸馬鈴薯，將一個大馬鈴薯切片，每片要相連不斷，插進竹簽再拉長。油炸後灑上不同味道的香料。海苔味是我們一家三口的至愛。還有永遠滿座的「阿給魚蛋」。不過我就比較喜歡炭燒臺式香腸，有黑毛豬肉的，飛魚肉加墨魚汁做得最有特色。淡水老街的一位老伯賣的奇亞子（chia seeds）最正宗，就在賣現磨杏仁和芝麻粉店鋪的隔壁，我們每次一買就是十幾包。

從臺北乘捷運到北投區的淡水，途徑的站點中有一個叫「唭哩岸」，很特別的名字。據說是臺灣原住民凱達格蘭族的舊地名，後期改為「吉利」和「立農裏」。但我還是喜歡唭哩岸的發音，極具民族風情。

對不起跑題了。一談到吃和玩，我就沒完沒了。

走出淡水捷運站是一片大廣場，這裏也是街頭賣藝的熱門選點。廣場上有表演雜耍的、跳舞的、畫沙畫的……當然更少不了演唱。我屢次見一位盲人女歌手唱鄧麗君的歌，聲線和韻味都酷似原唱，引來不少途人圍觀。數年前還看到她參演中國某檔歌手比賽節目。街頭賣藝這個行當，真的是臥虎藏龍。香港出生的歌星周華健最早也是從街頭賣藝開始的。他還是第一位拿到臺灣街頭藝人牌照的歌星呢！

說到第一，我應該是華人留學生中擁有三高資格而在澳洲墨爾本街頭賣唱的第一人。高學歷有客觀的評判標準，無爭議性。高顏值是主觀斷定，不接受爭議。我的歌唱團有八、九人之眾，唯獨下場時，就只得小貓三四只。其餘的臨陣膽怯，都轉做了吶喊打氣的啦啦隊。但亦稱得上高人氣了。

初抵澳洲時，人地生疏，舉目無親。多得一班香港來的留學生支持接濟，讓我順利地安定下來。這班小弟妹除了讀書用功，課餘兼職賺外快，亦全身心投入生活，學習當地文化。畢業後各有所成，與他們留學時積極進取的態度不無關係。

阿森最勤奮，上課打工兩不誤，還組織了一個讀書小組，分享各人所學的專業知識。Francis是搗蛋鬼，慶祝生日時最怕他在場，蛋糕塗得你滿臉都是。阿娟和阿麗這對姊妹花才藝雙全，是古箏高手。Winnie 精於廚藝，有吃的聚會少不了她。傻呼呼的阿 Pat 性情柔順，是個充滿愛心的小姑娘。這一個溫馨的群組，大家守望相助，一起追求著心中的理想。

不記得誰提議，說街頭賣唱可以賺錢。反正餐館的兼職都是黃昏時分才上班的，白天閒著也是閒著，就去體驗一下吧！我在香港讀大學時為了追女孩子，自學的三腳貓結他勉強可以彈奏幾首民謠，這下派得上用場了。

人多膽氣壯，硬拉了平時一起玩耍的小夥伴參與賣唱。選定一個週末的上午，借了一支舊結他，浩浩蕩蕩的合唱團出發了。選點是有人流保證的 Spencer 大街火車站前的空地。

結他調好弦。後來成為專業語言治療師的阿 Pat 臨時給我們惡補了咬字發音和呼吸運氣的技巧。將結他的保護套打開平攤在地上，阿森偷偷往裏放了一把零錢，用以證明我們已是有人賞識的樂隊。阿森其後任職銀行高管，而且投資有道，退休後瀟灑人生。超高的商業智慧，當年已可見一斑。

唱家班勉強湊了五六個人，鬆鬆散散圍了半圈。Francis 帶領其餘啦啦隊員扮作路人甲乙丙丁，撐場造勢。分配好了各人的工作崗位，要開唱了。先來一首《仙樂飄飄處處聞》的插曲《雪絨花》吧。

初試啼聲並不成功，因為怯場，大家的聲音只停留在喉嚨深處，連啦啦隊都說聽不清楚。我們換了一首「彼德、保羅和瑪莉」的《Leaving on a Jet Plane》。副歌部分熱鬧高亢，大家盡全力放聲大唱。一曲既終，在「路人」的熱情鼓掌之下，終於得到過路的一對情侶的青睞，投下了我們收穫的第一個銅板。我們也克服了內心的恐懼。

情況越來越好，圍觀的人多起來。最後一曲唱罷，一對老夫婦走過來問我們是不是菲律賓人，在慶祝當年剛選上總統的阿基諾。其實覺得觀眾的打賞並不是純粹對歌聲的認同，而是鼓勵和支持我們敢於嘗試的勇氣。

點算一下，一共得到六十多塊錢。當年做侍應生是十塊澳幣的時薪，這個收入相當不俗。不過大夥兒分攤之後，除卻來回交通費，就所剩無幾了。這一段街頭賣唱的經歷，帶給我們的收穫不是金錢上的，更多的是寶貴的人生經驗。

收筆之際，不由望向擱置牆角荒廢已久的結他，想著如果還能和阿森、阿 Pat 在街頭放聲高歌一曲，該是多麼溫馨的懷緬啊！

留學雜憶（四）——有魚就好

連接廚房和餐廳正堂的門是雙向的，而且一定有一面玻璃窗，方便手捧碗碟餸菜的侍應出入，也避免碰撞。不知是否所有的餐館都這樣設計，不過澳洲的中餐館大部分如是。

最受老外歡迎的菜品經年不變：酸甜排骨、豆豉牛肉、檸檬雞塊、春捲、點心、炒飯和特別炒飯（special fried rice）。排骨其實是肉塊，老外不喜歡啃骨頭。雞當然是雞棚飼養的冷藏雞，醮粉炸過後稱為鳳凰肉也無不可。春捲皮是開粉漿自製的，超大號，餡料以蘿蔔和椰菜為主，嬌小的越南春捲填不滿他們碩大的胃。澳式點心（dim sim）並非統稱，而是一種中西合體的創造物，一坨加上椰菜碎的肉，外裹麵粉皮，可蒸可炸，騷味濃郁，吃三個抵一頓午餐。炒飯是罐頭火腿粒加青豆，特別炒飯就給你加進叉燒和蛋。豆豉當然從中國進口，牛肉要先在水槽內沖水數小時，滑嫩鬆脆。

甜品非雪糕炸香蕉莫屬。侍應生端著新鮮炸好的香蕉去冰櫃挖雪糕球，遇到相熟的客人，多給一球，博取小費，當然要避開老闆耳目。

鮮奶加雪糕放入專用的攪拌器快速轉打，就成了奶昔。澳洲鮮奶便宜，奶昔的利潤甚高。

我們那個年代把小費叫作「魚」，名字的來源已不可考。侍應最喜歡好「魚」，運氣佳時一晚的魚穫比工資還高。

餐館成敗的關鍵在於廚師，有經驗的廚師都搶手，工資不菲，不過他們的錢大部分在賭桌上輸掉了。碰到老闆本人兼任廚師，錢就甚少貢獻給牌桌，而會埋在後花園的泥地裏，給兒孫們種一棵發財樹。

朋友介紹我認識了大衛和阿嫂，一家人胼手胝足地經營著祖父留下來的中餐館。大衛的父母雖已上了年紀，還在餐館幫忙。小孩子課餘時也要出動。大衛是大廚，阿嫂內外兼顧。刻苦勤懇的一家人，譜寫著中國移民在海外奮鬥的故事。

夫婦倆承繼了中國人傳統的美德，重情義、愛助人。他們對我甚為照顧，讓我週末去餐館打工，因為餐館離我住的地方很遠，坐火車也要一個多小時，整個週末我都會住他們家裏。他們待我如親人一樣，跟著小孩喚我大哥哥。

大衛和阿嫂的人生就在灶頭與枕頭的兩點一線中渡過。每週工作六天半，只休息一個上午。但這個上午還得去采買物資，基本就等於終年無休了。每天早上十時回到餐館，備料、備菜及前期工作一大堆，直到開午市就忙於蒸炒煎炸。午市外賣多、堂客少，還算輕鬆的。午飯很簡單，爭取時間休息一會。晚市才是正式戰爭的開始。食客不會為你著想而分批用膳。一到飯點，堂客和外賣接踵而至。大衛一人掌兩灶，老人家負責油鍋和打雜，阿嫂接外賣、下單、捧餐，還兼顧炒飯配菜，是大內總管。大家都恨不得有三頭六臂，把握這兩小時的黃金時間做生意。客人來少了心煩意亂，客人多了就手忙腳亂，這種矛盾永遠得不到調和。

人家都道廚師的脾氣不好，試問在如此高壓的工作環境下，誰還能斯斯文文，輕聲細語地講話呢？胃病和高血壓都是從事餐館工作的職業病。

我一開始打工時，茫無頭緒，常常出錯。幸好他們很體諒，從沒責備過我。第一個任務是背菜單，為了提高效率，下單都不寫正式菜名，只用暗號。53是炒飯，S16代表豆豉牛肉，點心是DS，炸香蕉有一條和兩條之分，就用SBF和DBF表示。捧餐侍應的工作不難，小心謹慎就可以了。待客之道當然少不了禮貌和微笑。就算犯了錯，客人也能包涵一二。最困難是接電話下單，這個不吃MSG（味精），那個炒飯不要蔥，加點芽菜，檸檬雞去掉檸檬，你沒聽錯，是只要檸檬汁不要檸檬片。千奇百怪的要求，加上濃濃的地方口音，每次接電話都壓力山大。他們的大兒子課餘出來幫忙時，這份工作肯定讓給他。大衛和阿嫂沒有正式學過英語，但日復一日年復一年在餐館練習，口語的流利程度不亞於我這個博士生。

晚上九點多，漸漸曲終人散，那就得預備工作人員的晚餐。這也是一天中最快樂的時光，我們不吃菜單上的菜式，那是改良版，唬老外的。家常菜才是我們的心頭好。

晚飯後吸塵拖地洗灶頭，算賬熄燈關大門等一系列的善後工作。站了一整天的雙腿，都麻木得沒知覺了。回到家差不多已淩晨時分，阿嫂還得處理一些零碎家務，然後趕緊上床睡覺。大衛喜歡喝啤酒，我倆就坐在電視機前追看租來的香港電視連續劇。通常一瓶酒的時間，大衛在沙發上沉沉睡去，猛然醒轉，睡眼惺忪地拖著步子回房歇息。

週末結束我要回家前，大衛和阿嫂總大包小包給我帶上一大堆吃的。其實沒有我，他們餐館的工作照樣可以應付，讓我來只是對這個孤單遊子的照顧和關愛。侍應生涯讓我最珍惜的也是這份濃濃的友愛和鄉情。

多年後兩個小孩都長大成人，學業優秀，成家立室。大衛和阿嫂結束了生意，享受天倫之樂，終於能有屬於自己的時間了。

可惜好景不常，大衛退休後沒幾年病逝了。我也很久未與阿嫂聯繫，思之，總含著一份歉咎和悵然。

留學雜憶（五）——獵狐行動

年輕時的夢想是背上背包到世界各地去流浪遊歷。想想都覺得浪漫、隨性！終於盼到出國了，雖然距離浪跡天涯的標準還差一大截，但求學畢竟也是追求人生的另一個夢想。

生長在南國撮爾小島的我，對外國的瞭解僅僅通過書刊和電視。留學在當年可算一件壯舉了，我憧憬著將會體驗到的異國風情和自然風光，內心是無比興奮的。

可現實與想像總有距離。留學時我的真實狀態是大部分時間都花在讀書、研究和寫論文上。讀書之外的重要事情就是去打工賺生活費。不過要體驗全面的留學生活，總得擠出一點閒暇來娛樂和社交。說起社交，就不能不聊聊那群在分租房子裏同住，來自五湖四海的朋友。

赴澳第一年，我與蘇菲亞、羅傑住金寶街，他們的故事在《我們同居的日子》已細述。自從與他們分道揚鑣後，我搬進了離大學遠一點，位於菲斯塞區中心的威士格街。這個社區住了許多來自希臘和義大利的移民。狹窄的巷子縱橫交錯，賣肉的、賣魚的、各式雜貨店鋪鱗次櫛比，綴以滿街的露天咖啡座，歐陸色彩十分濃郁。

房東是一個精明的希臘人，他向銀行借貸，買下這條街的一幢舊房子，簡單裝修一番，硬把大客廳分割成兩部分，本來三室一廳瞬間變身五個臥室。分租出去，月入斗金，肚滿腸肥。靜夜深思，我還讀這個撈什子博士何用，乾脆去當包租公好了。

我住在客廳改裝成的頭房，前臨大街，旁倚小巷，終日車聲轔轔，雞犬相聞。二房是從客廳中分隔出來的小房間，住客叫查理，也是這篇文章的主角。

三房的住客名叫彼得，是個公務員、電單車迷，一身皮褲夾克，卻斯文有禮。彼得節儉成家，上下班都以單車代步，說要儲錢買房。他還是忠實的環保信徒，連入侵家裏的螞蟻也不舍得殺害驅趕。吃的是素食，不沾葷腥，清心寡欲，真想介紹他去少林寺當和尚。

從英國來打工找對象的瑪莉，整天構想著發財大計，住彼得的隔壁。

來自農村的保羅是尾房的住客，他是個純真但最不守紀律的壞孩子。夏天我們在門前吃西瓜，將停在街上的汽車作鏢靶，比賽誰能把瓜子仁吐得最准。保羅約了朋友到家搞派對，喝醉了倒在房內，吐得一塌糊塗。來玩的哥哥湯瑪士本著手足如路人的各顧各精神，愛理不理。還是我們看不下去了，幫忙照顧保羅。患難見真情，由此成了好友。

房子除了廁所和浴室，廚房就是唯一的公用場所了。也是我們吃喝玩樂，大擺龍門陣的聚腳點。

「你們誰知道查理是幹甚麼的？我瞧他最不順眼了，雖然長得高頭大馬，有六呎高吧（瑪莉還是喜歡用英制！）但目無表情，僵屍一樣的面孔，永遠不跟人打招呼，整日無聲無息，神祕兮兮的，都不知道他在房裏還是外出了。不過唇上的兩撇小鬍子，還是挺可愛的。」喝著咖啡的瑪莉添油加醋的說。

「你對他有意思吧？我看他也有六十歲了，而且肯定不及彼得有錢，也沒我這般帥氣，你還是及早回頭，趁我們名草尚未有主，彼得與我，二挑一，任妳選擇，如何？」

「我呸！照照鏡子吧，憑你這副尊容？吊兒郎當身無分文，誰有眼無珠嫁給你，遺憾終身啊！要挑也輪不到你，我們阿琛前途無限，將來和他生個混血小寶寶，長大了做明星，要多好有多好。對嗎，親愛的琛哥哥？」

「別拿我開玩笑了。彼得，你住得最久，告訴我們查理究竟是甚麼人？」

「其實我也不太清楚，我搬進來時他已經住在這裏了。偶爾見他拿著大包小包的東西出去，也不坐車，就走路。有時半個月不回來，我們從沒交談過。」

「毒品掮客？」「販賣大麻？」「肯定與黑社會有關。跟蹤他！」「一定要查個水落石出，找出證據，繩之於法！」彼得這一說，大家都炸了鍋似的趕著出主意。

「本週末開始，我和阿琛一組，負責跟蹤第一段，彼得和保羅都有單車，接到彙報後趕上，負責第二段。行動的代號是……獵狐。」瑪莉的計劃立刻得到全員同意。

週末的正午時分，查理拿著一個大口袋，踏出了家門。

獵狐行動正式開始！

我和瑪莉跟了一段，見查理進了郵局。我們怕行蹤敗露，趕忙在路邊咖啡店借電話彙報情況，讓第二中隊接手。查理剛從郵局出來，保羅他們就騎著車趕到了。我和瑪莉買了個霜淇淋，慢慢吃著走回家等消息。

一個小時不到，他們就回來了。

「查理從郵局出來，走了好長一段路，然後進了ＲＳＬ，等了很久也沒有出來。我們不敢貿貿然進去，怕打草驚蛇，所以就撤退了。」

我問彼得ＲＳＬ是甚麼地方。

「ＲＳＬ是退伍軍人聯盟成立的一個像俱樂部的聯誼場所，給會員專用，不過現在都開放了，不限軍人，只要是十八歲以上就可以成為會員。裏面附設有餐廳和玩角子老虎機的小賭場。有空我帶你去參觀。」

「明白了，查理的袋內肯定是毒品，大包的是大麻，風險較小，可以通過郵寄交收，小包的是白粉，應該是在ＲＳＬ當面交易。」瑪莉的猜想好像真有點道理。

「趁他不在，搜他的房間。彼得，借你的信用卡，不用兩秒我就可以把他的房門打開。」

在街上見到女孩就搭訕，撬開上鎖的車門偷人家零錢，都是保羅會幹的壞事。開查理的房門，還不是小菜一碟。不過這是不道德的行為，而且違法，我們三個都反對。保羅還想繼續遊說我們的時候，查理剛好回來了。

兩個星期後，房東來收租並且帶了個新租客來看房子。我們才知道查理已經無聲無息地搬走了。

我們四個趁機會圍著房東，質問他為甚麼將房間租給可能是黑社會分子又或是毒販的查理。

房東先收好了我們的租金，開了收據，然後拿出他的煙斗裝滿一斗煙，深深地吸了一口，神色凝重地對我們說：

「你們誤會了，查理不是甚麼壞人。他是二戰後的退役軍人，在戰場上受了腦震盪，耳朵也不靈光，現在還一直接受心理治療。他有一個住在新南威爾士州的姊姊，丈夫也是軍人，陣亡了，又無兒無女，孤單一個住在政府給的福利房，生活拮据。而查理也是靠政府的補貼生活，常常只吃個漢堡包或者到RSL吃飯，退役軍人有優惠。省下的錢就用來買些糖果衣物，給他姊姊寄去。有時也會坐火車去探望她。

其實我也是義大利向希臘發動戰爭時孤身逃難出來的。你們年輕，沒有經歷過這段非人的日子。殘酷的戰爭不知令多少無辜者家破人亡，妻離子散。權力腐蝕人心，野心家的狂妄自大和霸權主義，製造了多少人間慘劇！你們生長在和平的年代，真要好好珍惜這份福氣。」

瑪莉的眼睛濕潤了，在我腦海中，也想像著父母在日本侵華時逃難的苦況。最愛說話的保羅也沉默下來，半晌作聲不得。

房東把已經燃盡的煙灰倒進煙灰缸，清了清嗓子，嚴肅的表情突然變得柔和，面帶微笑地繼續說：「我同情查理，租金只收他一半。不過你們都知道啦，現在物價飛漲，查理又搬走了，空房間不知甚麼時候才租得出去。下個月你們的租金都要漲價，阿琛是清貧學生，每月加十元，你們三個有工作，加二十。要搬出去，就得提前一個月通知我。不過你們不會找到比我這裏更便宜的了，環境又好，交通方便。就這樣吧，下個月見。」

這算甚麼？優惠查理，宰割我們。羅賓漢的俠盜精神嗎？哼！還以為你宅心仁厚，始終是見利忘義之輩。不過他說的也是實話，這裏的租金還是同區中最划算的。

最後我和彼得、保羅、瑪莉都續了租約。查理的房間實在太小，而且只有狹窄的一扇窗，半年後我搬家時，還未找到新租客入住。

在以後的一段日子，我都與他們三個保持聯絡。保羅後來入伍當兵，結婚生子了，回歸農村，恢復其野孩子本色。瑪莉交了個男朋友，毅然決定到澳洲中部去挖金礦，最後黃金和金龜婿都一場空，現在不知又往哪方尋夢去了。彼德終於存夠錢，在同區買下了一幢舊房子。

這一群萍水相逢的朋友，雖然文化不同，習慣各異，但都能以誠相待，結下了跨越國籍、種族和背景的友誼。

我畢業離澳後，為了工作前程，一頭栽進茫茫人海，自此天南地北。若他日有緣再聚，也應是塵滿面、鬢如霜了。

留學生涯雖然苦，但在我身邊出現過的人與事，卻成就了這段陽光燦爛的歲月的浪漫記憶。

浮生絮語

東方不敗

東方不敗被令狐沖、任我行、向問天、上官雲四大高手在黑木崖圍攻。僅憑一支繡花針，穩占上風。還記得金庸筆下的赤練仙子李莫愁的冰魄銀針嗎？能殺人於無形。在武俠世界的兵器譜上，針，稱得上第一神兵。

現實生活中對於一些人來說，還是會聞針色變，攝魄驚魂。我的朋友張山如是，李司亦然。

張山是運動健將，虎背熊腰，一身肌肉絕對有資格參加健美先生選舉。田徑場上，標槍、鉛球和鐵餅是他的拿手項目。為人膽大包天，曾經夜探香港鬧鬼最凶的高街鬼屋，和同學打賭在和合石墳場單獨過夜。張山是我們一眾友儕心中的英雄。問他一生中有什麼令他害怕，唯「針」是也。

張山怕打針，永遠不去看醫生，醫院是他的禁地。但偏偏太太是個醫生，每年的感冒預防針都得由她親自下手。只要聽到太太甜甜地叫一聲：「親愛的，來打針吧！」張山就飛身撲上床，用棉皮蓋住自己大叫：「我不在家！」

我沒有誇張，真人真事。其實怕針紮的大有人在。

李司是我的總角交，家中長子，有個昵稱叫十一少。為人溫文爾雅，琴棋書畫，無一不好。讀小學時，學校安排醫務人員到校為學生接種疫苗。同學們排好隊一個接一個，秩序佳，效率高。突然咕咚一聲，有同學暈倒在地上。不用問，肯定是他。十一少從小怕打針，每年的防疫注射，他都是暈倒後在醫療室渡過的。可幸他運氣好，很少感冒生病。

中學時大夥相約一齊去捐血，十一少硬著頭皮應個卯。在捐血站門口，面青唇白，咕咚一聲，應聲倒地！害得眾人還要抬他回家。

移民前體檢要驗血，剛抽完第一筒血，咕咚一聲，依然是十一少的本色，嚇得護士小姐都著了慌，臨別送他一張勇敢證書和一塊糖。

新冠病毒横行，注射疫苗乃大勢所趨。在劫難逃，凶多吉少，說的不是十一少，是哪位倒楣的醫護人員。咕咚一聲，有人暈倒。

我打球不慎，患了網球肘，屢醫不治。朋友介紹了一位針灸醫生。我兩只手紮了八支銀針，還通上電流。三十分鐘的療程，所受的心靈創傷比手痛更劇。回家後筋疲力盡，睡個午覺，竟然做了再度要去扎針的噩夢，驚出一身冷汗。

終於明白了，心理恐懼原來這樣可怕！差點也學十一少咕咚一聲，靈魂兒飄呀飄，直上雲霄。

武當與少林

孔子說五十而知天命，六十耳順，七十從心所欲。是的，五十歲，老天開始來跟你計算日子了；六十歲，耳聾眼蒙，過目即能忘，聲過不留痕；七十歲，身體都不聽你的，有什麼欲望、欲求、欲念，心裏想想還是可以的。我敢以人生經驗證實，聖人之言，甚對。

腰酸背痛多年，今年情況越來越嚴重。坐又痛，站又痛，躺平了就好一點。但民族的復興，匹夫有責，健康的身體是革命的本錢。革命這樣偉大的事業，只要有命，還是得革下去的。雖然我一直遵守祖宗遺訓，生不入官門、死不入醫院；但痛得真的沒法了，只有延醫診治。

「頸椎退化，神經受壓，不想動手術的話，去找脊醫試試看。」醫生說。

「脊骨彎曲，可以替你舒緩一下，不過建議你找物理治療師。」脊醫說。

「教你幾招伸展運動，堅持去做，會有改善的，要根治的話，去做手術吧。」物理治療師說。

躬背低頭，沉默不語，狀如龜縮，此為內卷式；挺胸張臂，瞪眼鼓腮，形似虎狼，是為外將勢。招式暗含玄機，回復盛世年華有望矣。

堅持做了幾個月，惡化是沒有的，但改進也談不上。輔以針灸療法又如何？銀針插了七、八支，老中醫說多送兩支給我，不收錢。平生最怕針，廿多分鐘下來，我已滿頭大汗，心理壓力過大，承受不了。經兩次治療後，沒有什麼起色，也就作罷。

虎骨油、紅花油、跌打酒、酸痛靈、脫苦海、各式虎皮膏、狗頭貼都買齊了，治本就不說了，用久了連治標也失效。咋辦？

酷愛運動、健康又健美的蘇菲亞說：「練太極吧，太極拳不僅鍛鍊骨骼、肌肉及關節的活動功能，對神經、心臟、血管、呼吸及消化系統都有好處。記著要氣沉丹田、神靜意守、含胸拔背、腰隨胯轉。」

那就先從「貓步」學起。貌似簡單的步法，要緩慢流暢地完成，腰肢的穩定和身體的平衡至為重要。練習不到十分鐘我已手心發熱，神清氣爽。武當張三豐的真傳，縱不能像張無忌一樣用來打敗玄冥二老，總也能練個驅風去濕、腰直腳穩吧！

「送你一根易筋棒，雖然只有十招式，但對筋骨好處極大。」蘇菲亞隱隱然女俠風範。

易筋棒是否源出少林，就不要費時考證了。第一至第八式簡單易學，很快就可上手。第九式要求手腕反過來將棒轉到背後，第十式要單腳保持平衡站立，對於全身筋骨已經老化僵硬的我來說，簡直是過分的要求。還好我有堅定的意志和恒心，三個月後竟然叫我練成了最後這兩式。肌肉的力量增強了，筋骨的靈活性改善了，腰酸背痛的症狀也減輕了。

古詩有云：少林功夫好，武當心法勁；腰背唯太極，肩頸靠易筋！
如果你已年過知命，試試看，可能會幫到你。

君子之交濃勝酒

與鐸聲兄相識近三十載，各有各忙，見面的機會不多。雖云君子之交淡如水，但我們這份惺惺相惜之情卻比酒更濃。去年鐸聲兄造訪寒舍，凝望走廊一側的牆壁良久後，曰：此處宜置一畫。

不想在歲末聖誕之際，一幅饒有意趣的橫幅就送來了。簡潔精煉的筆觸，虛實相應的構圖，情景交融的畫意，再題上黃庭堅一詩，妙絕！鐸聲兄能書善繪，才華令我佩服不已。

《雙井茶送子瞻》——黃庭堅

人間風月不到處，天上玉堂森寶書。
想見東坡舊居士，揮毫百斛瀉明珠。
我家江南摘雲腴，落皚霏霏雪不如。
為君喚起黃州夢，獨載扁舟向五湖。

蘇黃亦師亦友，互珍互重；正與我們的交往相若。鐸聲兄的深思和心意，令我心潮澎湃，久久不息。

畫意詩情都是我所嚮往的。這個橫幅我真的愛不釋手。

承接畫中故事，即興寫就數句：

寒舍迎佳客，書香伴日長；
烹茶說風月，再飲一杯無。

鐸聲兄亦乘興和詩：

浩森林海起春風，恩師教誨耳邊縈。
歲月無情催白髮，不負人生一片情。

我的名字叫Dolly

我不知道爸爸是誰，對媽媽的印象也很模糊，畢竟我在她身邊的日子，只有短暫的幾天。不過如果有機會相見的話，我一定會認出媽媽，她的體溫和氣味是我永遠不會忘記的。因為在來到這世上的最早這幾天，我活在愛的懷抱裏。

我不像其他兄弟姊妹一樣，他們都有一個好聽的名字，而且長得都比我好看。主人最不喜歡我，不開心的時候總會打我罵我。說我是死串串，雜種狗，出身成分不好、血統不純正，所以待遇跟其他同類就不可能一樣了。還說我是低下階層，不適合住在這個高尚的地方，要趕我走。媽媽總會護著我躲在牆的一角。我不知道串串是不是我的名字，但我不喜歡這個稱呼。

這一天的黃昏，主人說要帶我出去散步。出門前，我看到媽媽的眼睛充滿了疑惑和憂慮，而這也是我們最後一次的目光接觸了。

我們走到了一個很偏僻的地方，主人就把我拎進了路旁的一個垃圾堆中，然後他就急步離開了。我不知道怎麼辦，又認不得回家的路，當然我也不喜歡這個所謂的家。白天走得格外的快，黑漆漆的夜晚又過得如此的慢，我很孤單、也很害怕。垃圾堆發出難聞的臭味，但我仍然靜靜的待在那裏，不敢離開，怕媽媽來尋我時找不著。

日落月升，我不知道已在哪里過了多少天，在附近能吃的東西都已被我吃完。餓得沒辦法了，不得不放棄這個唯一能讓媽媽找到我的希望，接受殘酷的現實，帶著破碎的心，離開了這個垃圾堆，開始了到處覓食、掙扎求存的生活。

從一個垃圾堆到另外一個，食物越來越難找了，我的身體一天一天瘦弱下去。這天，我流浪到了一個街頭小吃攤，客人見到我可憐兮兮的樣子，就把吃剩的一些骨頭餸菜抛到離他們較遠的地上給我吃。接受這種施捨讓我覺得很自卑，很屈辱；但為了生存我又能怎樣呢？就算如此，小吃攤的檔主還是容不下我。可能怕我騷擾了客人，阻礙了他的生意，他急步的走過來，朝著我狠狠的踢了一腳。我沒有力氣避過這一腳，被踢飛得遠遠的，全身骨骼痛得厲害。

雨越來越大，我渾身濕透，我蹣跚地走到天橋底下，瑟縮在雨水打不著的一個角落。過不了多久，跑來了一頭像我一樣為了躲避外面風雨的流浪狗，牠向我怒目而視、口中發出胡胡的叫聲。我明白牠的意思，於是低著頭默默地離開了。我心裏在想，大家都是被人歧視摒棄的一群，都是拉扯地活著，為何還仗著僅有的一點點權勢，去欺壓比他更弱小的同類呢？萬事萬物本來是自然存在的，大家可以自由平等地共處，享受上天給予的這一切美好，究竟是誰讓這個世界變得這樣麻木不仁、冷酷殘忍的呢？有權有勢的可以肆意踐踏、苟且活著的就算是逆來順受亦不可得。

夏夜的一場暴雨令悶熱的空氣變得涼快，但涼意令我有點發抖、頭也有點重、身體在發熱、突然眼前一黑，我想我是暈倒了。

也不知過了多久，我感覺有一雙柔軟的手撫摸著我的背，然後輕輕地我被抱起。我勉力地睜開眼睛看了一看，她那溫柔憐惜的眼神，讓我覺得回到了媽媽的懷抱。

醫生給我注射了抗生素，說我感染了瘟疫，又得了肺炎，情況並不樂觀。她說，拜託，無論如何要將牠救活，因為每一條生命都是珍貴的。

她又來看我了，雖然我還是很累，但為了讓她安心，我強打起精神，靜靜的聽著她說話。

「我知道妳一定受了很多苦，生活在這裏就是一種挑戰。不過對妳來說，可能連生活都談不上，能夠生存，就是上天的眷顧了。妳要振作精神，儘快痊癒，待妳好了後我會帶你去一個沒有鬥爭、沒有苦難的國度。那裏是人間樂土、世外桃源，我們會開心地生活在一起。你會找到相愛的對象，生下活潑可愛的小娃娃。對了，給妳改了個名字，叫做 Dolly，意思是上天的恩賜，也是小孩子對喜愛的洋娃娃的昵稱，你很可愛，一定會受孩子們歡迎的，喜歡這個名字嗎？」你用充滿愛和溫柔的眼神和我道別，說改天再來看我。

我真的很開心，終於有了自己的名字了。我太願意和妳在一起，到那個人間的好去處，我能夠想像那些日子一定很美好。不過在這世上的三個月，我活得很累，走不動了，無論身和心，都不想再走下去了，也不想下一代來這世上受苦。不過妳對我的好，我是永遠不會忘記的。

就算我渡過了現在的難關，但總有一天我會先妳而去。你對我的愛越深，將來的痛苦也就越大。離開，對我是一種解脫，天堂才是我最佳的歸宿。我想媽媽在那裏一定能找到我。

我也希望妳能儘快從愛我的羈絆中走出來，不再傷心，不再悲痛。謝謝妳對我無條件的愛，但願世人都能如妳一樣，用溫柔和愛去燃亮別人的人生。謝謝你讓我在離開世上前的這幾天，再一次活在愛的懷抱裏。

在往天堂的路上，我會告訴每一個遇到的人，我的名字叫 Dolly。

寫給老白

（這是一個愛貓的朋友對逝去寵物的懷念，我嘗試用文字記下了他所說的。）

二〇一五年你悄悄的走進了我的生命中，九年後的今天你又靜靜的離開了我。雖然你走了還不到一個月，但在我的內心卻好像與你分隔了很多個年頭。本來以為隨著時間消逝，我對失去你的傷痛可以減輕。真想不到對你的懷念竟然是越來越深了。

我每天下班回家總會不期然地望向你慣常出沒的角落，找你的影子。你來的時候只有兩歲，我們都叫你小白。不知道從哪一天起，我們改口尊稱你為老白了，可能是因為你的動作比以前遲緩，反應也慢下來吧。

還記得你初來我家時，皮膚病特別嚴重。那時我也收留了患了心臟病又沒有人要的胖胖和有嚴重肺積水的藍公子。要照顧你們三個病人，不對，是病貓吧，真的累死了。醫療費用是一個不少的負擔。不過看著你們一天天的好轉，心裏的大石就逐漸放下來了。也因此朋友給了我一個十分尊貴的外號：「貓奴」。

你古怪的脾氣和高傲的性格令人難以接近。你明明知道我對你百般遷就，就為了討好你。但要摸摸你的頭，掃掃你的背，也還得等你心情好時，才能有這小小的恩賜。不過就是因為你這種孤芳自賞，孤傲不群的性格徹底的征服了我。

你雖然從不理睬藍公子和胖胖，但對頑皮的哈比卻有無限的耐性。你的心是慈悲的，因為你知道哈比是一隻沒有人要的流浪貓，所以對他特別憐愛。你一定是記得我對你說過哈比的故事。那是一個寒冷的冬日，天上還下起了毛毛雨，瑟縮在咖啡店旁的哈比全身上下又濕又髒，身上都長滿了跳蝨。雖然哈比是一隻橘貓，但在我心中，名種貓和流浪貓並沒有任何區別。愛貓的心是沒有貴賤高低之分的，於是哈比就加入了我們的大家庭。

哈比年紀小，活潑好動，最喜歡玩耍。不停的圍著你身邊轉，你並沒有嫌煩，有時還湊高興和他追逐一會。我想，你在離開時肯定是捨不得我和哈比的。哈比過得很好，他還是像以前一樣活潑好動，而且越來越可愛了。我亦是如常的生活和工作，是的，你走了，我是少了一份負擔，但卻又多了一份惦念和悲傷。

老白，不用擔心，我會對哈比好，也會善待我自己。我愛哈比就像愛你一樣，貓奴的心早已是不屬於自己的了！

哥哥情意結

已故香港歌星張國榮擔得起「陌上人如玉，君子世無雙」這句詩，擁有精緻的五官，溫柔倜儻。歌迷除了愛他的歌，也傾慕於他的長相，贈昵稱「哥哥」。在《霸王別姬》這部電影中，他反串程蝶衣花旦一角，天姿國色，令人目眩神迷。與林青霞的東方不敗扮相，有異曲同工之妙。

賈寶玉排行第二，紅樓金釵都「二哥哥」、「寶哥哥」的叫得親熱。我總覺得張國榮或者林青霞扮演賈寶玉最為合適。這種角色演得好其實不易，男的既要溫潤，含點脂粉氣又不能娘娘腔；女的就必須帶幾分英氣沉穩，才鎮得住場。

電影《胭脂扣》中張國榮飾一紈絝子弟，出生於富貴之家，排行第二，當年的大家族因為要營造人丁興旺的感覺，連稱謂也不放過，不是簡單一句「二少」，而是硬生生在他之前加了一些虛擬的兄弟，所有人都叫他十二少。這個廣東人稱為「二世祖」的敗家子邂逅了青樓女子如花，從而譜出一段生死戀。雖然十二少最終窮困潦倒、流落街頭，但二世祖的那種飯來張口、衣來伸手、丫鬟僕人前呼後擁，糜爛卻又醉生夢死的生活，還是讓出身窮苦人家的我深深羨慕了。我是長子，按舊時習俗也可被喚作十一少，可惜這個少爺夢只能找南柯太守去圓了。

我喜歡張國榮的電影，但不是他的歌迷。對哥哥此人並沒有情意結，但對「哥哥」這個稱呼卻又不同。

小時候我長得比弟弟高，他不叫我哥哥，叫我拖佬（拖佬，tall 佬也）。及長，則改稱大佬（即大哥）。朋友中，也有叫我琛哥的，這樣喊我的都是男兒漢。我喜歡這個稱呼，是出自一種尊敬和欣賞。小學時已認識的知交阿和，生日比我早一個月，他的妹妹叫他大哥，叫我細哥，感覺上就多了一份溫馨的親情。

一次在墨爾本的火車上遇到一位與我年齡相若的老朋友，她剛好在接電話，一句句輕聲細語的叫著哥哥。我說你們兄妹感情真好。不好意思，弄錯了。人家不是兄長，是愛人。難怪說話的聲音這樣親昵和溫柔，那種倚賴、甜蜜，讓我只有豔羨的份兒。「哥哥」若出自女孩子口中，自有不同的百般滋味和含義。

不過，琛的國語發音接近粵語的「新」或者「親」，喊起來可要當心，一不留神，琛哥哥成了新哥哥或者親哥哥，我可只有一個親弟弟啊！《紅樓夢》的史湘雲講話常常口齒不清，被黛玉取笑她將「二哥哥」說成了「愛哥哥」。更怕你像湘雲妹妹，粵語既不懂，普通話且不靈光，一聲聲真哥哥的，和她的那位賈哥哥究竟誰真誰假，連曹雪芹都聽迷糊了。

學校裏的老師和學生習慣叫我陳博士或者陳校長，因我時常對外宣稱停留在二十六歲，有些年紀小的學生想喊我校長爺爺，後又改口校長哥哥。「哥哥」一詞有時也是心理年齡的映襯吧。

可惜不知從何時開始，朋友已跟著孩子喚我陳爺爺了。看來這個哥哥情意結，能解開的機會相當渺茫！

尋夢園

我的睡房有一張很大很大的床，鋪著軟綿綿的枕頭和柔滑的被子，床的前方是一個巨型螢幕，我可以躺在床上看心愛的電影。房間裏安裝了整套音響設備，臨睡前最好放點音樂，聽著聽著就入夢了。

早上一睜眼，陽光從窗戶透射進來，灑在我的臉上，暖暖的。我不喜歡拉窗簾睡覺，為的就是可以看看夜晚的月亮，親親晨光。床頭總放著幾本書，睡醒了也不急著起床。隨手拿一本，翻幾頁，可能遇上李清照的「昨夜雨疏風驟……知否？知否？應是綠肥紅瘦」，或者蘇子瞻的「江山如畫，一時多少豪傑」，也許是幾米充滿創意和色彩繽紛的繪本。是淡淡輕愁？激情昂揚？輕靈活潑？這一天的生活基調就這樣定下來了。

起床了，也不著急梳洗，在房間的小圓桌旁品嘗清晨的一杯咖啡，想想今天該穿甚麼。步出房間時，將是棄去昨日煩憂，今日心也不亂，一身清爽灑脫的少年郎。

午睡醒來，我的睡房又不一樣了。發現自己躺在青青草地上，房內儼然一座小森林，有大樹、有小溪，小鳥在樹上歌唱，魚兒在水中遊玩；我輕巧地爬上了樹梢，去摘天邊的雲彩。風拂亂了頭髮，不過這讓我看起來更瀟灑了。小白兔、小狐狸、小松鼠在林間跑來跑去，蝴蝶飛舞在花叢中。紅、黃、棕、白、綠、藍、紫，世界原是這樣多彩多姿的。我閉起眼睛，深深地呼吸這美好的氣息，不知不覺，又墜入夢鄉。

我愛越南這個地方，她有一種獨特的文化氛圍，法國的、美國的、越南的、東方的，總之，你說不清。晚上的越南最幽怨浪漫，我喜歡去酒吧喝點酒，聽聽音樂，中年女歌手沙啞的嗓音，唱的都是我喜愛的藍調怨曲。

兒子中學時也學吹薩克斯風，出來工作後樂器就束之高閣。我拿起來把玩一下，迷上了。睡前在房間播放著從越南買回來的陳孟俊（Tran Manh Tuan）的薩克斯風樂曲，希望夢中也努力學習一下。

我穿著黑襯衣、黑西褲在酒吧演奏薩克斯風，多麼的瀟灑帥氣。房間的燈光溫柔如月色，我的手指在薩克斯風的鍵上跳躍，奏著我最喜歡的 Misty 這揆爵士樂曲。

台下有一雙深情的目光一直望著我，紫藍色的眼影令雙眸顯得特別明亮。影像雖然很朦朧，但我仍然能夠看出那一頭長長的秀發和苗條的身材。一曲既畢，她朝著我的方向，輕輕舉起酒杯，送上她的欣賞和鼓勵。當那美豔性感的紅唇沾上酒杯的一刻，我醉了。聚光燈下，我看不見喝酒的客人。我的眼裏只有尋夢的她；她的，有我。

「吃飯啦！你已睡了一個下午，還不快起來幫忙！」老妻的嗓門真大。

男人這東西，你惹不起

疫情期間，找我辦理離婚見證的人數突然大增。今天又見證了一對，男的決絕，女的怨憤。選擇分開，是一種解脫吧。男同女的相處實在太難了，尤其是當被困在圍城內，失去了自由空間的時候。

兩性間的恩怨情仇，是一首永遠譜不完的樂曲。抑揚頓挫，百轉千回。有纏綿旖旎的時刻，也有憎惡嫌棄的日子。有歡笑、有失落、有喜悅、有悲哀。男人和女人的戰爭，永世不絕，今日共締秦晉之盟，明天驟變楚漢爭鋒。

不過這場仗，還是男人勝的次數多。讓我來給你們展現男人不堪的一面，好好瞭解一下對手，或許在下一仗能挽回頹勢。

男人愛撒謊，而且言之鑿鑿，樂此不疲。所以成功政客大多數是男性。

男人面皮厚，心腸硬，愛翻你的舊賬，不念他的舊情。

男人都是無賴，有求於你時，嬉皮笑臉，百般奉承。不用求你時，翻臉不認人，恩情付水流。

男人得意時要你無休無止的讚賞，失意時要你朝晚不斷的安慰，不管真情或假意，照單全收。

男人認為你的溫柔奉承、寬容大度，是理所當然的。而他對你的討好讚美、既往不咎，則是額外施恩。

男人自私和專制，不准你深宵在街外徘徊，不要別的男人見識你的嫵媚。

男人滿腦子骯髒齷齪，因為他是泥做的；只有水靈靈的女人才配享有一個美麗的心靈。

男人狂妄自大，要你做個小女人，好讓他在朋友面前扮威風、逞英雄。

男人狼狽為奸，互相包庇，互相洗脫。本性風流，犯了錯，就說只是犯了所有男人都會犯的錯。女人寬宏大量，本性純良，總是那狐狸精惹的禍，有錯都是她的，男人懂得回家就好了。

男人表裏不一，人前人後判若兩人，對別人彬彬有禮，對你就頤指氣使。

男人是一家之主，女人是一家之煮。

女人可以為愛人而犧牲名利財富，男人可以為名利財富而犧牲愛人。

女人專情，男人兼愛。

女人說愛你至天荒地老，願共訂七世鴛盟；男人說不在乎天長地久，只在乎曾經擁有。

女人說，矢志不移，愛你永恆不變；男人說，世事難料，變幻才是永恆。

女人想不通為何男人能在深愛自己妻子的同時，又對別的女人感興趣。男人無法接受為何女人不了解男人生理和心理上對異性都存在佔有欲和虛榮心。

在男人心目中愛與性同樣重要，根據傳統東方文化，如果一個男人在婚前能夠克制對性的欲望和需求，他不是身體有問題的話，就是深深的愛著你。你的那位是嗎？

女士們，告訴你，男人都是這樣的，你惹不起。

女人不服氣我把男人說得如此不堪。

「我的男人出類拔萃，有教養，有學問，學歷高，賺錢多，強壯，有自信，勇於挑戰，帥氣，有才華，幽默風趣，溫柔體貼，有風度，胸懷寬廣，反應機敏，浪漫，有情懷，願意陪我去買菜，清潔打掃不嫌煩。當他拉著我的手橫過馬路或在花園散步時，我總陶醉於這種被愛的感覺。當他擁抱著我，緊緊摟著我輕吻時，我認為自己是一個幸福的女人。」

真有這樣好的男人？那你得當心了，新歡舊愛住滿了他的心房，留給你的位置不會多。壞男人你惹不起，還可以躲。好男人你更惹不起了，一旦碰著，連逃的機會都沒有。

言盡於此，女士們自求多福吧！

後記：

朋友問為甚麼我不寫一篇關於女人的文字。這個實在太難了，就連回答這個問題，我也需要苦苦思量如何下筆。

男人嘛，寫他們的好，都會沾沾自喜，樂於接受，還會在女人面前引以為傲，自吹自擂一番。對我，就算不誇一句識英雄重英雄，心裏總認為我孺子可教也。說他們的壞，也不過尷尷尬尬地一笑置之。反正各人心中一盤賬。當然總有些仁人君子不同意我的看法，不過我相信撐起半邊天的另一群體會支持我的。有種就放馬過來！

再說女人，寫她們的優點，就算洋洋灑灑萬言書，總會被發現還有千百條好處未曾提及。搞不好落個話柄，證明了男人的虛偽、奉承、面皮厚等劣根性。要寫她們的缺點嗎，就算不眠不休，搜索枯腸，也難以成章。真的幸運地讓我找到有那一丁點壞處，馬上會被批評犯了以偏概全的邏輯謬誤。女士們會說，可能有個別女性存在這些問題，但不可能發生在我身上。而且肯定過不了家中內部審查這一關。所以就算我吃了熊心豹膽，也不敢寫。

連這小小一段，相信已有人罵我大男子主義了。多寫多錯，還望各位包涵則個，慎言多福，就此擱筆去也！

（遊戲之作請各位癡男怨女萬勿介意）

浪漫

浪漫是什麼?浪漫是一種情懷，一種感覺，可以是一種實際行動，也可以是精神追求。

浪漫的情緒不一定開心甜蜜，也可以淒美哀愁。不一定發生在陽光燦爛的春夏，也可能醞釀於衰敗荒涼的秋冬。微醺帶來忘掉時空的浪漫，濃烈的黑咖啡勾起的是苦澀綿長的浪漫。

浪漫是對某些事物的執著，是一種思想、是任何文字詮釋都無法清楚描述的一種情感抒發。是我們都明白但又說不清的主觀意念。

浪漫是：她背起背包，到世界的不同角落去流浪，經歷著那些一定會來但又無法預料的不經意。

浪漫是：他和她攜手漫步於鬧市街道中，落日沙灘上。

浪漫是：三毛與荷西在沙漠過著苦中作樂的日子。

浪漫是：他在露天咖啡店品嘗香濃的黑咖啡，她點的是甜甜的巧克力。還有怕長胖時分外誘人的蛋糕和炸薯條。

浪漫是：散步時他跳下長堤採摘一朵小黃花，為博她一刻的笑容燦爛。

浪漫是：他給她寫一首情詩，作一曲歌。她為他挑選了一件襯衫，一條領帶。

浪漫是：他沉醉於她的溫柔婉約，她傾慕於他的才華氣度；他們決定將生命捆綁在一起。

浪漫是：她坐在沙灘上把弄著撿回來的貝殼，他在沙上畫了一個大大的心，把她困在裏面。

浪漫是：她為他烹一份牛排，他倒了兩杯紅酒。晚飯後，她在看電視，他在看書。

浪漫是：他們的銀髮特別顯眼，他拄著拐杖，她牽著他的手緩步而行。夕陽把他們的背影拉得長長的。

浪漫是：他與她相視不語，又彷佛什麼都說了。

浪漫的對象可以是人，也可以是景物、藝術、文學。可以是親情、愛情，更可以是友情。浪漫不一定就是他和她，還有他們。

他們在唱歌、在說笑、在吵鬧，把煩惱暫時拋諸腦後，享受著這一刻的存在。

他們努力拍照，希望將短暫的瞬間轉化成永恆，還要分享給其他朋友，就是要讓貓也妒忌起來。

他們買來了蛋糕、咖啡、水果、零食，吃了，喝了。心和口都管不住了，就讓他奔放吧！浪費不可饒恕，減肥可以稍候。

他們在遮陽傘下、溫泉池中，訴說著各自的夢想和故事。

他們約好了，下次還要一起去看山海，去消磨難得的共聚時光。

他們因為某種緣份而相遇，因為互相珍惜而前行，因為願意，才在生命中留下彼此的印記。
浪漫是：去享受吧，不必花時間研究解釋，因為他們都懂。

談情說愛

沒有的時候想得到，得到的時候想要更多，人的貪欲是無窮無盡的，對金錢如是，對愛情亦然。貪念得不到控制，終歸會導致敗亡。

嫉妒和自私會摧毀一切的美好，包括愛情。

激情、熱戀和盟誓讓愛情發芽生根；寬容、諒解和接受令愛情茁壯成長。

愛情是一種屬於個人的感覺，不能通過文字去詮釋的，不能通過言語去表達，不能用邏輯去分析，更不能用常理去說對錯。

不服輸、不認錯、維護了面子，丟失了摯愛。

扮純情、扮無知、滿足了虛榮；摧毀了真情。

女人的心事，你不想聽，因為與你有關的，你都做不到。

男人的祕密，妳不要聽，因為善意的謊言，信也是白信。

要讓他為你赴湯蹈火，只要告訴他：你是我心中的英雄。

要讓她對你死心塌地，只要告訴她：你是我一生的女人。

男人為什麼要結婚？因為這樣才可名正言順地得到了性。
女人為什麼要結婚？因為這樣才可向人證明她得到了愛。
妳願意做一個為愛而努力、為愛而謙卑的女人嗎？
你願意做一個為愛而承擔、為愛而寬容的男人嗎？
愛情總會帶給你失落矛盾，但又讓你入迷著魔。

揮霍

友人約稿，說要寫五十歲後才做的一些事。回想一下，五十歲時經濟基本上穩定了，不過當然還未有條件談退休，仍得在名利場中拼命搏殺。一方面渴望著能早日金盆洗手，另一方面又捨不得滿身銅臭的味道，比起金錢，時間才是奢侈品。

我和芳節儉慣了，但又羨慕別人那種揮金如土的豪放。剛好完成了一個有較豐厚利潤的項目，於是決定做一回貴婦和闊少，好好揮霍一下。目標很簡單，來一回雙人浪漫之旅。

租了一輛房車（Camper Van），就是那種可以在車內煮食和睡覺的車子。澳元三百多一天，不連汽油。還好老子有錢，租個三四天，不成問題。小孩放到朋友家託管，兩個人輕鬆出發。雲彩就不用帶了，一路上都有。晚上天氣冷，帶床棉被倒是必要的。

沿著海岸線，走個大半天，找個風景優美的無人小海灘，煮一壺熱咖啡，坐在沙灘上聽大海潮漲潮落的永恆呼喚，看海鷗翱翔天際的灑脫風姿。夜幕低垂，享用車廂內的燭光晚餐，比在大酒店裏吃得更有情調。

房車尾部設一個小帳篷，晚飯後來個野外淋浴，然後清清爽爽的鑽進被窩。車頂有天窗，躺臥在床上看星星，懷緬著這幾十年來奔波的歲月人生，究竟為的是什麼？也許不外就是像這時的一刻安逸閒適。

漆黑的荒野，萬籟俱寂。間中卻有不知是什麼動物的腳步聲、呼吸聲。怕嗎？不怕。這時只有聽到人的聲音才是最可怕的！

三天兩夜過得很快，回程路上不再作停留。她念著小孩，我想著如何能賺更多的鈔票。租車、買設備，這個旅程用的錢可不少。但最心痛的卻是失去的時間，已到知命之年了，最花不起的不是金錢，是時間。

五十歲時的這一次揮霍，換回來這段一生難忘的記憶。值得！

測試

小夥伴思思發來一個測試性格優勢的網站，雖然曾經做過類似的測試，但還是躍躍欲試。我相信很多人都會和我一樣，對這些測試很感興趣。除了好奇之外，還真的希望從中得到一些指導和啟發。

最普遍的測試是智商（IQ）類的，但亦有涉及心理、健康、性格甚至愛情，林林總總，五花八門。一個設計合理和科學的測試，除了加深你對自己和別人的瞭解外，還可以增進對世界的認識。

當然有一些所謂的測試是娛樂多於實際的。曾經做過一個判別浪漫指數的測試，準確與否不可知，但當作遊戲玩，亦可博取一笑。

當賽先生（science）還未踏足中國時，前人就有一種抓周的風俗，用來測試小孩的性向喜好。長輩在地上擺上各色物件讓剛滿周歲的小孩去抓，抓到的就代表小孩將來的志向。抓到書或者筆，長大後就是文人，抓到算盤的會從商，抓到桿秤的可能是藥店的掌櫃，也可能是賣豬肉的小販。紅樓夢中的賈寶玉抓的是一盒胭脂水粉，父親賈政甚為不樂，從此以「沒出息」定論寶玉。其實，只要不放不喜歡的東西不就成了嗎？為何還要為小孩設下一些陷阱呢？當然假如能夠預知結果，就不過是掩耳盜鈴而已。為了增加測試的合理性和趣味性，還真的要把當年七十二行的代表物品放齊全才對。以現代人的眼光來看，這種所謂測試只能當作一種遊戲罷了。

聖經中的創世紀篇講述了神想測試亞當和夏娃對自己的信任和忠誠，在伊甸園種了一棵蘋果樹。吩咐說這是禁果不能采吃。結果大家都知道了，夏娃偷嘗禁果，還與亞當分享，因此雙雙被逐出天堂。這種具有誘導性的測試，就類似現在的釣魚執法。我一介凡夫，當然猜不透全能全知的神是抱著什麼樣的心態來做這個測試的。

女孩想知道男朋友有多愛自己，對自己夠不夠專一，派了她的閨蜜向男友投懷送抱。其動機我多多少少可以理解，不過這樣高風險的測試，還是奉勸各位熱戀中的男女不要輕易嘗試。一旦出事，無藥可救。市面上的後悔藥、忘情丹都是騙人的。

我澳洲的一間公司成立初期有三位股東，大家都是好朋友。其中一位問另一位股東借錢入資。多年後公司發展順利，這位股東提出退股，在還清債務後還賺了一大筆。利用別人的錢作自己的投資，這種做法在商場上屢見不鮮。我和另一位股東心裏固然不是滋味，聊以自慰的是他這個成功的投資算是對我的才華和能力的肯定吧！

這位朋友曾經與我有另一個合作項目，為一間上市公司進行在澳洲建立私立大學的可行性研究。工作一起做，利潤平均分。項目一開始，朋友就告病，結果可行性報告只能由我和我的研究助理獨力完成。而他還是理直氣壯地拿走了一半收益。金錢和利益絕對是對人性和道德標準的最佳測試。

前年做了一個《我還能活多久》的小測試，輸入自己的一些基本資料與健康情況、生活習慣和父母的患病記錄等，就能預測到我還有多長壽命，結果顯示還可活十二年。乖乖不得了，趕緊著手退休大計。

一個合理的測試及其預測的準確性，建基於背後的理論和證據支撐。首先要提出一些在科學或者准科學範疇的預設，然後通過大量的數據搜集，再進行歸納、匯總和推論，有時還需要對不同預設作出分析和加權，文化和語言也會是考慮因素的一部分。簡單地說，越接近科學的測試，得出的結果會越準確。

心理學和社會科學屬於准科學的範疇，性向測試就屬於這一類，預測的結果雖然有參考作用，但未必百分百準確。新冠病毒的核酸測試是一個科學測試，在檢測的過程中可能會有技術性的偏差，但重複測試後是會得出精准結果的。大家千萬不要怕麻煩，畢竟這是對自己和他人生命健康的重視。

看到這裏，讀者也完成了一個對自己耐性和求知欲的小測試，給你打個一百分，滿意吧？

挑戰

人生中，我們會面對很多挑戰。有一些是不能自主的，如生、老、病、死。出生，當然不是自我能控制和決定的，但當我們一旦存在於這個世界，就免不了面對生活中各種各樣的挑戰。如果不幸生不逢時，可能面臨的不僅是生活，而是更基本的，對生存的挑戰。病就不用說了，雖然生病時可能會得到身邊人的照顧和醫藥的幫助，但病痛的煎熬必須自己去承受，沒人代替得了。死亡就更是一條最孤單的路，無人可以陪伴。不過對於大部分人來說，這還是較為遙遠的事，留待後面再談吧。

從出生開始我們就已踏上慢慢長大，並逐漸老去的不歸路。近年來我發覺自己精神萎靡、活力衰退，常常有種力不從心的感覺。莫名的憂慮和愁緒悄無聲息的來襲，令我手足無措。我想這應該是年華老去的徵兆吧！日本作家渡邊淳一寫過一本書，名為《如何優雅地老去》，鼓勵大家以積極樂觀的態度面對人生必經的過程，當年讀的時候並無深刻的觸動，現在看來有重讀的必要了。

人生的挑戰有的不能自主，有的無可避免，但也有一些是有選擇餘地的。

年輕時的我豪情壯志，與同學相約，誓要攀華山之巔，涉西嶽之險，上長空棧道、下鷂子翻身。碰巧登華山那天天氣奇差，風雨交加。當局亦發出了登山危險警告，三個年輕人逞強好勝，仍冒險進行計畫中的挑戰。幸好吉人天相，沒出現任何意外，否則真愧對生我教我的父母師長了。

近日朋友慫恿我去嘗試笨豬跳，想想自己除了血壓、血糖、血脂三高外，還有點畏高；而且就算成功一躍而下，最多博得別人稱許你是一只勇敢的笨豬而已，這樣的挑戰，不試也罷。

以上兩個例子說明，當挑戰容許我們作出抉擇時，必須要衡量自身的能力、風險的大小以及能否承擔起後果，熟慮之後再作決定，才是明智之舉。

不過現實生活中，更多的挑戰屬於非汝所願卻又逃避不了的。譬如求學的年紀，要不停面對各種考試，及後又碰到工作上的困難，如果沒有勇氣迎難而上、積極面對的話，人生的道路或許因而改變。想要塑造一個怎樣的人生，往往取決於我們面對挑戰時的態度。

接受挑戰而又獲得成功，當然會帶來許多好處。順利地通過考試可以讓我們在獲取知識的路上走得更遠。工作難題的迎刃而解也會伴隨名與利，令生活過得更愜意順暢。不過即使挑戰失敗了也不會一無所獲。接受挑戰的過程可以鍛鍊我們的意志和堅持。挫折中所得到的經驗也能作為日後的借鑒，自身的弱點和缺失因而得到改善。這些積累往往在我們面對人生茫茫前路時，發生正面的作用。

回頭說說死亡吧，這應該是人生最後也是最艱巨的一項挑戰。我們毫無選擇的餘地，不能逃避，無人可以幫忙，也沒有經驗可以借鑒。而且最終的結果是一早已知道的。所以這個挑戰的成敗並不重要，關鍵在於如何經歷挑戰的過程。

無數的挑戰營造了個體生命豐富的人生。在可以選擇的情況下，深思熟慮是抉擇的最佳伴侶。挑戰的結果並非衡量成敗的唯一標準，以正確的態度走好每一段里程，應是焦點所在！

富貴

爆竹一聲除舊歲，桃符萬象喜更新。

新的一年又到了，我恭賀大家虎年大富大貴、闔家富貴榮華、長命富貴！

「富貴」二字，是新春常用的祝福語。多說幾遍，相信聽者仍然樂意接受。

富貴也是很多人一生追求的目標。不過「富」和「貴」是兩個不同的概念，當中的分別還是蠻大的。先從「富」字說起吧。

《說文解字》中，富是厚實、完備的意思。學富五車，並非說你有五輛車所以很有錢，而是說一個人的學問廣博到可以載滿五輛車。再看一下，富這個字的最上面是一個寶蓋頭，這是個象形字。兩根柱子支撐著一個屋頂的圖形，本源於「家」的字型結構。下面的一橫代表房子的頂部，口就是人口，田代表收成。亦即是說古人認為只要家裏人口興旺、五穀豐登，就算充實富足了。富的追求原來這樣的簡樸。

當然時移世易，現在的所謂富，要的是財源滾滾、金銀滿屋。最好還能擠進什麼《福布斯富翁榜》、《胡潤全球富豪榜》獲得排名。

富可以量化，錢就是其衡量標準。清朝的紅頂商人胡雪岩，錢莊開遍全國，可謂富甲一方了。而今天坐擁二千七百多億美元身家的伊隆・馬斯克（Elon Musk）則稱得上富甲天下。富豪們都忙於賺錢，相信不會有時間看我的文章，所以容許我大膽說一句，你我當然只屬於酸溜溜地輕歎「富貴不由人」的族群了。

不過「貴」就難以有絕對的量化標準。俗話說從商者富、當官者貴。驟眼看來好像有權力和地位就是貴。但請不要忘記「學而優則仕」這句話，其實以前當官的先決條件是具備優秀的學養和見識。而且它還有一句前句提醒我們「仕而優則學」，就是說官當好了，還是要不斷地學習。稱讚某人高貴，是因為他的氣質、德行、學問、識見、才華、品格和修養等等不能量化的品質。權力和地位只是衍生出來的結果而已。亦即是說，只有通過自身的內在提升，方可達到「貴」之境界。

富貴和名利的含義相近，這兩個語詞時常會被互換或交替使用。利既可得亦能失，而且失去了還可以有重新爭取獲得的機會。但辛苦建立起的名聲，一旦失去了，要再恢復就十分困難。

中國大陸從計劃經濟轉型至市場經濟的年代，憑藉經營玉溪捲煙廠發家，有「亞洲煙王」之稱的企業家褚時健，年屆退休，一夜之間變成階下囚，愛女身亡，人財盡失。及後他在七十多歲的高齡，東山再起，種植出銷售遍及全國的「褚橙」，這就是一個能二次創富，重建輝煌的好例子。

年輕時追隨孫中山先生革命救國的清朝秀才、曾因謀刺清朝攝政王載灃而被判終身監禁，官至國民政府主席、行政院院長的國民黨元老汪精衛，曾一度享有極高的名望和威信。孫中山遺囑中的「革命尚未成功……凡我同志……繼續努力……」等句亦出自他的手筆。可惜他選擇了與日本人合作在南京建立偽政權，本來有機會流芳百世，卻換來世人的置疑和非議。

從以上兩個例子我們可以看到，富與貴、名和利，有著本質上的區別。

富貴名利的吸引力的確很大，在人世間追名逐利亦屬自然之事。捫心自問，我亦逃不過名韁利鎖的桎梏。錢財我看得比較輕，但名關始終難過，徒歎奈何！

用自己的努力智慧，通過正常途徑賺來的財富，或者以自身的才華能力，奮鬥而獲得的權力和地位，實屬無可厚非，值得別人尊重和欣賞。但如果是通過欺詐貪腐，以不正當手段而致富，或者巧取豪奪、恃勢仗權來攫取名利地位，這種可恥的行為，就絕對不值得學習和羨慕了。

我在香港工作時，有一位家財萬貫的朋友問我有沒有途徑可以用錢買一個太平紳士的銜頭，既已豪富，還望顯貴。不過沽名釣譽的做法，總不實在。我提議他參與慈善公益，助學扶貧，用他的財富多做一些貢獻社會的事。因為助人行善也是品格的一種提升，名譽也可能隨之而至。

也許我們更應該向微軟的創始人比爾•蓋茨學習。他立下遺囑，將自己98%的財產捐贈與妻子一同成立的基金，作全球的慈善用途。我想這才算得上是真正富貴之人。

富貴如浮雲，當人生走到盡頭時，一定能領略這句話的深意。我非富亦不貴，卻仍冀望以有限的資源和學識與他人分享。雖做不到無愧於天地，亦可以不悔於吾心！

債

退休了，是時候點算一生勤勞克儉積聚下來的財富，希望把該還和該收的債務一併結清。不欠人也不願人欠我。反正來時赤條條、無一物、無憂無慮；去時也應坦蕩蕩、了塵緣、無掛無牽。

是三十五年前的往事了，我在一間美國大學香港分校設立的課程任教。一個週五晚上，接到學校助理 Simon 的電話，說他母親生病亟需用錢，問我借幾千元江湖救急。我趕忙下樓去櫃員機轉賬。

週一上班，後來成為我秘書的 Cynthia 和善良率直的 Terry 在閒聊中提醒我千萬不要借錢給 Simon，說這人嗜賭成性，錢，有借無還。週六是賽馬日，他週五打來的電話，你不要接。唉，怎不早說？我的錢相信已被貢獻給香港賽馬會養草去了。

我在那裏工作不到一年就離開了，一直沒有給 Simon 還債的機會，是我的不對。

讀大學時認識了一位英文系的學長，人長得帥氣瀟灑、學識又好，課餘還去做社會服務，是大學裏的風頭躉，對我這個學弟也十分關照。多年後重逢，他已然一位大老闆了，年少有為，意氣風發，令我十分佩服。還羅致我在他旗下工作。

後來他資金周轉不靈，工資發不出，問我借錢，說短期內即可歸還。學長有難，幫忙是義不容辭的事。可惜最後還是因為經營不善而留下一個爛攤子讓人收拾。錢固然還不了，可恨的是，他竟然否認欠債。人窮志短，只能用謊言來自我蒙騙、掩飾劣行，希望為自己留一點尊嚴。這樣優秀的一個人，竟至如斯地步，哀哉！

他沒有想到，我當時真的是將所有存款傾囊相借，要不是有個好姐姐一直照顧著，怕也要露宿街頭了。

廿多年前我開始在中國發展事業，其中一個項目的合作方財雄勢大，常常自吹自擂如何精明幹練，賺錢有方。話說得漂亮極了，背後又如何呢？只有合作或共事過的人最清楚。

人老了總是要退休的，好好算清結賬，以後相見亦是朋友。不想對方竟然用種種藉口賴帳不付。金錢的奴隸就是財迷心竅，可悲。提告嗎？他的關係和背景硬著哩，你懂的。我也懶得爭辯，反正大家心知肚明；連人格信用都棄之不顧的人，與之多糾纏一分鐘都是自貶身價。

人家又沒有借你的錢，算得上是債嗎？當然，應付而不付的都是債。

要真正認識一個人，只要看看他如何處理金錢和債項的態度就好了。

朋友說我視錢財如糞土，有古代遊俠之風。不敢，不敢，這真的是抬舉了，其實我也愛財，只不過不迷戀金錢罷了。是幫助別人也好，浪費在自己的心頭好上也好，要用得其所，心安理得，才能體現金錢的價值。

我懶於記帳，借出去的債務為數不少，收回來的則為數不多。管賬的總對我借錢的行為囉嗦嗦，不過最後說多了也嫌煩，就隨我算了。

人生難免有起有落，朋友的體諒和支持才能讓人有力量去面對這些大大小小的坎。借我錢的人很多都已清還或者在清還中，只需記得要還債這份責任，就都是我一生珍惜的朋友。

我的人生起伏跌宕，幼時家貧，必須不斷地努力奮鬥。一生中又特重感情、輕財仗義，所以總是財來財去。還幸上天眷顧，窮途潦倒時有家人和朋友的支持關懷，總也算衣食無憂。塞翁失馬，焉知非福？前半生的經歷讓我領悟到「千金散盡還復來」這句話背後的做人態度，也讓我後半生活得逍遙。

朋友問：你說得這樣瀟灑，難道真的沒有要還的債？

欠人的沒有，欠銀行的也還清了。錢債的確沒有，不過要還的債還真不少。有算不清的人情債，至死方了的兒女債。前世欠下來世還，生生世世還不完的情債。還有對已過世的父母、曾經迷戀過的人、遺憾過的事，但又無法可以償還的——心債。

長髮

《山海經》中有鮫人一說，鮫人變成美女，面朝大海，梳理她長而美麗的頭髮。因無人憐愛，流下淚水，淚滴化為珍珠，迷人又耀目。

在丹麥哥本哈根海邊的礁石上坐著優雅的美人魚銅像，也是一頭長髮。美人魚的長髮後來還給了髮型師靈感，設計出一種野性，濃密，不修邊幅的獨特髮型。

瑤族女子留長髮是習俗，平時會把過腰的秀發盤成髻，在溪邊垂下梳洗時就成了一幅美麗的民俗風景圖。淘米水據說是她們最佳的護髮素。

女子留長髮別有一番風姿。「長髮美女」亦已成為普遍用語了。留短髮的，長得再好，我們不會特意形容她為「短髮美女」。可見長頭髮就如「款款柳腰」和「纖纖玉指」一樣，演變為女性審美的一種典型特徵。長髮不但風靡世間，就連神鬼兩道也趨之若鶩。住在月亮上的嫦娥姐姐固然秀髮如雲，棲身於蘭若寺的女鬼小倩也當青絲三尺，豔迷眾生。

以前人無論男女皆蓄長髮，不知是否受了儒家孝道思想「身體髮膚、受之父母、不敢毀傷」的影響。長髮一般用釵或簪綰住，以防其鬆散，也作裝飾。女性一到及笄之年，還會將頭髮盤成各色各樣的髻鬟，平添美態。笄是釵的舊稱，少女十五歲，即行笄禮。代表她已成年，可以綰髻，也就是說，可以談婚論嫁了。

古代髮髻名目繁多。把頭髮結成環狀置於頭頂部分，插上鳳釵、步搖等飾物，即稱為飛仙髻。敦煌石窟的飛天都是這種發式，長髮飄飄，仙氣漫漫。

如雲的秀發在頭上輕輕綰住，靈動而不墜落，髻名淩虛、曰隨雲，給人聰慧靈巧的形象。

將頭髮盤繞而結於頭上或腦後的是靈蛇髻和朝天髻，豔麗嬌媚、裊娜娉婷。

墮馬髻是將頭髮攏結成堆，任其橫墮頭側，最能表現出女性的柔弱風流。

螺髻和丫髻，簡單純樸，天真活潑，富於少女心。

單看這些髮髻的名字和設計的心思，便可知前人如何重視頭髮的裝飾，通過它彰顯女性美的極致。

現代男士圖方便，一般不留長髮。六〇年代載譽全球的英國披頭士樂隊，以跳脫不羈、狂野反叛的歌曲風魔萬千樂迷，將流行音樂帶入一個嶄新的時代。樂隊成員的一頭長髮亦成為反傳統的叛逆年代的標誌。不過他們的髮長亦只及肩而止。現在時髦點的，紮個小馬尾，也無不可。長髮基本仍是女士們的專利。

如今的社會，生活工作繁忙，每天花費時間去結鬟綰髻早已不現實，更多是依靠科技的加持，或燙染、或拉直、或接髮，同樣可以悅人悅己。不過對於不少男性而言，女性的黑色長直髮依舊有著不可替代的魅力，哪怕只是簡單紮一個馬尾在腦後，或如瀑布般映著陽光傾瀉而下。碰巧得到風神眷顧，吹出一身飄逸，就算大風撫亂長髮，弄得狼狽，也給人一種欲愛還憐的感覺。

沒風的日子怎麼辦？那就得靠自己了，修長的纖手這裏輕攏一下，那邊撥弄一下，意態撩人。

漸趨多元化的時代和平等精神的驅使下，令許多女性更傾向於剪一頭清爽瀟脫的短髮，中性一點的打扮，有著不含殺傷力的可愛，留短髮的女生是否更受同性的歡迎？

失戀時剪短髮，意圖除去煩惱絲，不過煩惱仍在。更徹底的方式還有剃度出家，當然有些出家人仍心系紅塵，所以剪髮終歸只是個儀式而已。真正做到六根清靜，談何容易？

若然佛前青燈非我意，那還是及早回頭，長髮依舊為君留吧。

跑起來

我讀的小學距離家裏有點遠，步行大概要三十分鐘。我很享受每天上下課的旅程，老人們在公園樹陰下聊天、下棋、耍太極，家庭主婦從街市買回一籃子的蔬菜、食物和雜貨，還有用鹹水草（就是我們以前用來紮糭子的莖草）綁著的一尾尾鮮魚。送貨的大哥在自行車的兩側擱上兩個大火水罐，赤著膊，響著車鈴風馳而過。看著，看著，我常常忘記了時間。最後的一段路程，總是要跑著回學校。

那時的小學是分兩班上課的，我讀的是下午班，下課時太陽都要下山了。足球場上最熱鬧，夕陽照射在球員們紅紅的臉上、球衣早已濕透，他們的奔跑聲、吆喝聲，在晚風中伴著我的腳步遠去。

回家路上的最後一程還是要以小跑完成，路上的耽擱快要讓我趕不上晚飯時間了，晚了我可受不起媽媽藤條的責打。那個年代，體罰很平常。

我和幾個小學同學特別鍾愛數學科，畢業時老師就讓我們選讀他認為全香港數學最好的一所官辦中學。不過學校遠在港島的半山上，而我們家住新界荃灣，每天上學需要乘坐早上六點四十五分的渡海小輪到中環碼頭，再轉乘其他交通工具回學校。

因為要走上一段不短的路途才能到達碼頭，我必須在六點十五分前出門。我貪睡，結果差不多每天都要跑步去趕船。下船後，為了節省交通費用，我們幾個同學都是走路回學校的。為了令得這段半個多小時的路程變得刺激而不沉悶，我們就比賽誰能最先回到學校，一下船我們就會跑起來。皮鞋太貴，不舍得穿著來跑步。我的膠底黑布運動鞋的鞋頭常常跑出了破洞，加上一個鞋墊，又可多用一段時間。回到學校往往是汗流浹背，上課時常打瞌睡。有些老師讓我去洗手間洗把臉，不幸時也有被罰站在課堂後面上課的。

放暑假時，我還參加了一個南華體育會舉辦的田徑訓練班，可惜天資有限，始終不成氣候。不過跑了這麼多年，我們都變成運動健將了。阿和、阿寧進了田徑隊，代表學校參加越野賽，家駒是游泳健將，大頭明是乒乓球高手，而籃、足、排這些運動，總不乏我的身影。

如果你曾經去過香港中文大學，你就知道就讀於中大的學生有多幸福了。我住的學生宿舍在山頂，房間內的一扇大窗向著吐露港，早上看著海鷗飛翔於晨曦之中；晚上漁火點點，漁夫們用長杆撞擊水面驅嚇魚蝦入網之聲清晰可聞。

大學生活是我一生中最幸福愉悅的日子。我花時間最多的不是在課堂上。在校園草地上聊天的一群學生中，你總能找得到我；再不就是在運動場上。晨跑是不可能的，基本上每晚的所謂學術討論和宵夜聚會總會擾攘至淩晨方歇。但每到傍晚，我總會讓夕陽拉長了的影子陪伴我在運動場的標準跑道上跑個十圈八圈。我喜歡呼吸青草的芳香，享受夕陽沉落、華燈初上那一段陰陽交替的曖昧。

留學澳洲時，大學裏有一個偌大的運動場，不過我一次也沒有用上。墨爾本號稱花園之城，從家裏出門過一條馬路就是一個比運動場大十倍的公園。我隔天就和來自布里斯本的陽光小子 Roger 到公園去跑步。我的腿比他長，他要跑三步的距離，我兩步就到了。但我的速度和氣力都不如他，沒有一次能跟得上他的步伐。澳洲人酷愛運動，每天早上和傍晚，在公園跑步的你，總不會孤單。

畢業後回港的幾年，時間都賣給了在名和利的攫取上。週一至週六每天十多個小時的工作，不要說跑步了，連喘息的時間也沒有，還是回歸自然，跑路回澳洲去過人應該過的生活吧！

有了家庭和孩子後，作息時間全改過來了。跑步只能在每天晚飯和家務完成後才能進行。我家後面不太遠處是一個澳式足球場。晚上的空氣特別清新，銀色的月光灑在柔軟的草地上，連跑步都變得如詩一般的浪漫。

你說人真能甘於淡泊嗎？在政府和大學工作了幾年，靜下來的心又再蠢蠢欲動。總覺得自己還有很多才華和能力。而在這種環境下是沒有機會好好發揮的。于是重作馮婦，毅然辭掉金飯碗的工作，成立了自己的顧問公司。「左牽黃，右擎蒼，錦帽貂裘，千騎卷平岡」。老子下海去也。

我的工作常常要到外國出差，晚上又總是飯局酬酢。回到酒店，趕緊換上運動短褲往健身室走，戴上耳機在跑步機上來一個速度訓練，半小時下來就已經淋漓大汗，可惜總未能將晚飯時吃進的卡路里減回去！看著自己日益發胖的身形和越來越俗氣的嘴臉，與當年滿懷理想抱負、孤高自賞的年少的我比較，雖未至于面目可憎，但已是俗不可耐。在名利場中打滾，得到的和失去的孰輕孰重，在你生命終結前，可能也找不到答案。

年紀越大，越發跑不動了。肌肉的力量減弱、關節疼痛、氣力不繼；跑步除了是為了保持健康，還變成了一種意志的鍛鍊。跑步的速度慢慢的減下來，從快跑到慢跑，再到現在的急步疾行。每一個階段的轉變，總讓我想起廉頗老矣這句說話。

我的人生態度一直是積極上進，勇往向前的。在運動和體能上要再有突破談何容易，但也不能退步呀！雖然退休了，但人生還得繼續。要將餘生活得精彩豐盛，我必要將健康體格再度雄起。

每天起床先耍一遍易筋棒、十五分鐘伸展運動、仰臥起坐、掌上壓來個二十下、最後是舉重的肌力訓練。兩年堅持下來，感覺平衡和氣力都有所進步。

我想在不遠未來的某一天，在晨曦中又或在夕陽下，你會看到一個風度翩翩、白髮飄飄的年輕老頭在青蔥的綠茵場上矯健的腳步。

讓我的青春再跑起來吧！

品茶人生

中國茶，品類繁多。有紅、有綠、有白、也有黑；還有介乎紅綠之間的黃茶，半發酵的烏龍茶和混入不同花香的花茶。我嗜茶，但卻不懂茶，喝了幾十年，只知道茶有兩種顏色，淺色和深色。套用外婆在生時的口頭禪：番薯跌落灶——該煨啰（意思是真糟糕）！

我與茶的互動，可以分為三類，一為飲、二為喝、三為品。

飲茶

父親曾是海員，長年漂泊在外，回家的日子不多。放船回來也就停留數周而已。很難得才有機會帶我們上茶居飲早茶，父親叫的總是一盅兩件。一盅茶、加上兩籠點心，父親喜歡吃牛肉球，而另一樣必定是包子，叉燒包、大包、雞包仔，任選其一。他總會說：「食包包食飽」，我想還是因為阮囊羞澀吧，當然我們三姐弟都不介意。父親喜歡喝普洱茶，我反正沒所謂，能有機會和他飲茶，我就已經心滿意足了。

茶居亦稱茶樓，是廣東人吃早點的地方。那年代點心的選擇不像現在的五花八門，當然傳統的蝦餃、燒賣、腸粉和鳳爪永遠最受歡迎。開一壺滾熱的濃茶是必然的，普洱、壽眉、水仙、鐵觀音，悉隨尊便。廣東人比較少喝綠茶，什麼龍井、六安、碧螺春，有的話肯定都是下等貨。高檔的如陸羽茶室當然例外。兒時家住灣仔，樓下就是著名的龍門大酒樓，不過我從沒有機會踏足其內。上中學時，午飯去的是西環多男或者蓮香大茶樓。當年一碟免治牛肉飯只售一元二角，喝的是已經泡上數十遍有色而無味的茶膽茶。

兒子在澳洲出生，飲茶（英文直譯為 Yum Cha）這個傳統還是父傳子，子再傳子的延續下來了。不過澳洲的茶肆要到中午才營業，飲早茶就變成了吃午飯。還好，兒子除了喜歡喝他的西式伯爵茶外，還願意陪我喝一壺濃濃的普洱。

「飲茶」不能單有茶，也一定要有點心，不過，人，才是真正的主角。

喝茶

水，清淡無味，雖然健康，但作為每天的日常飲品，真的會如花和尚魯智深說的「淡出鳥來」，搞不好還可能令人精神空虛、了無生趣。除了做運動，我平時很少喝清水。根據科學研究，人每天需要飲用二公升的水。咋辦？多喝幾杯咖啡吧。

咖啡香味濃郁、提神醒腦，據說可以燃脂減肥，還能預防糖尿病、癌變、甚至失智症。誇張點說，咖啡能解百毒、延年益壽；加上其濃郁醇厚的口感，讓人愛不釋口。工作時，我案頭的咖啡杯總是滿滿的。某一年的某一天，突然覺得心跳加速得不正常，暗忖不妙，趕緊延醫診治。是咖啡喝多了，過多的咖啡因會導致心血管和腸胃出現問題。於是我只好奉行一日不過三的規定，多喝有害無益。

茶既芳香撲鼻，又有其特別的回甘，茶多酚和維生素C具有活血保健的作用，於是茶就名正言順地成為我日常飲料的主角了。我喝茶沒講究，但早午晚必須各沏一壺，紅茶、綠茶、花茶、全發酵的、半發酵的信手拈來，輪替著享用。味道的變化，總帶來新鮮感。

「喝茶」是因渴而喝，也為了滿足那兩公升水的要求。不過我之所以選擇茶，是在講求實際需要之餘，為生活多著一抹色與香。

品茶

朋友是茶藝專家，來我家作客。趕忙拿出剛從雜貨店買回來有茶葉漏隔的玻璃大茶壺，泡一壺珍藏的大紅袍。滿滿的一大杯，水滾茶靚，估計總不會失禮吧。

「你這是牛飲，沒文化，白白糟蹋了上好的茶葉。茶是要慢慢品嘗的，日本有茶道，我們也有茶藝。明天讓我來教教你吧。」

朋友大包小包的帶來了一整套茶具，茶壺、茶夾、茶針、茶匙、茶洗、茶盤、聞香杯、茶杯、茶碗，應有盡有，真的讓我大開眼界。

「為什麼要用這麼多把茶壺，一把紫砂壺不就成了嗎？茶壺這麼小，茶杯就更小了。要喝多少杯才夠啊？」

「還說自己喝了幾十年茶，其實就是個茶白癡。不同的茶葉要用不同的茶壺，不能混搭。聞香杯讓你享受茶的香味，小玻璃茶杯給你欣賞茶的色澤，我們是品茶，不是為了止渴而喝茶。每一泡茶的味道都不同，小小一杯才適合細品。」

下午的陽光透過玻璃窗，灑了一室的溫暖。茶壺又再續上了水，小香爐裏燃著我喜愛的檀香，幽幽的、漫漫的青煙柔緩地向上升，然後就散開了，瀰漫在空氣中、滲進我心坎裏。一切都靜止了，凝固了。我閉起眼睛慢慢喝著小茶杯內的那一泓清幽，時光在剎那間停頓，好讓我用心去感受獨屬於茶的苦與甘，用靈魂去觀照那份恬淡和安詳。

有人鍾情於酒的苦澀，因為相比起人生，它是甜的。而且酒能帶你暫離俗世，微醺的快感令人忘憂。可酒醒之後，又情歸何處呢？

我更偏愛茶的平和，沉澱浮躁、洗滌心靈，在繁囂中辟出一方淨土。那就請容我以香茶一盞，飲盡紅塵中的匆匆不語、歲月流離吧。

「品茶」我確實不懂，我品的是百味人生。

國家圖書館出版品預行編目

寫給歲月的情書 / 陳浩琛著. -- 臺北市：獵海人, 2025.05
面； 公分
ISBN 978-626-7588-25-3(平裝)

855 114005407

寫給歲月的情書

作　　者／陳浩琛
出版策劃／獵海人
製作銷售／秀威資訊科技股份有限公司
114 台北市內湖區瑞光路76巷69號2樓
電話：+886-2-2796-3638
傳真：+886-2-2796-1377
網路訂購／秀威書店：https://store.showwe.tw
博客來網路書店：https://www.books.com.tw
三民網路書店：https://www.m.sanmin.com.tw
讀冊生活：https://www.taaze.tw

出版日期／2025年5月
定　　價／400元